COLEÇÃO
JOVEM LEITOR

JOÃO UBALDO RIBEIRO

ARTE E CIÊNCIA DE ROUBAR GALINHA

APRESENTAÇÃO **LUÍS ANTONIO CAJAZEIRA RAMOS**

3ª EDIÇÃO

EDITORA
NOVA
FRONTEIRA

Copyright © 1998 by Ribeiro Sociedade Civil Ltda.

Direitos de edição da obra em língua portuguesa no Brasil adquiridos pela EDITORA NOVA FRONTEIRA PARTICIPAÇÕES S.A. Todos os direitos reservados. Nenhuma parte desta obra pode ser apropriada e estocada em sistema de banco de dados ou processo similar, em qualquer forma ou meio, seja eletrônico, de fotocópia, gravação etc., sem a permissão do detentor do copirraite.

EDITORA NOVA FRONTEIRA PARTICIPAÇÕES S.A.
Av. Rio Branco, 115 – Salas 1201 a 1205 – Centro – 20040-004
Rio de Janeiro – RJ – Brasil
Tel.: (21) 3882-8200

Ilustração de capa: Zé Otavio

Dados Internacionais de Catalogação na Publicação (CIP)

R 484a Ribeiro, João Ubaldo, 1941-2014
Arte e ciência de roubar galinha/ João Ubaldo Ribeiro; apresentação por Luís Antonio Cajazeira Ramos. – 3.ed. – Rio de Janeiro: Nova Fronteira, 2024
248 p.; 13,5 x 20,8 cm ; (Coleção Jovem Leitor)

ISBN: 978-65-5640-763-0

1. Literatura brasileira. I. Título.
CDD: B869
CDU: 821.134.3(81)

André Felipe de Moraes Queiroz – CRB-4/2242

CONHEÇA OUTROS LIVROS DA EDITORA:

Sumário

Apresentação 7

Padecendo no inferno mesmo 11
Saudades do jejum 15
O fim do jegue 19
A vida natural 23
Encontrei todos bem 27
O escritor da cidade 33
Martírio e glória do pai de fia feme 39
Os comedores de baiacu 43
Dolores e Daniel 49
No pasarán! 55
A raiz de mandioca da Viúva Monção 61
Um professor ensina amor em Itaparica 67
Arte e ciência de roubar galinha 71
Este, na verdade, não é o título que eu queria dar 77
Notícias de quirópteros, celenterados e poríferos 83
A sossegada convivência com a doce mãe Natureza 89
A Igreja Católica Apostólica Americana 95
O quê? Vocês não têm um cágado em casa? 99
Outras retumbantes glórias atléticas 105
O dia em que meu primo e eu fomos ao forró 111
Questões gramaticais 117
Colhendo os frutos da glória 123
A extraordinária musicalidade do povo brasileiro 129
Leite de porca é bom e faz crescer 133
Voltando aos velhos ares 139
Dunga GR. CH., melhor da raça, e Lili, a cágada
  de guarda 143
Os alegres mortos da nossa ilha 149

O porco ibopeano e outras aventuras animais 155
O dia em que o diabão levantou a saia da Viúva Martins . 161
Fazendo a madrugada com o Ferreirinha 167
Envelhecendo com graça e elegância 173
Ferreirão das Louras mostra o seu valor 177
Como ganhamos o bicampeonato no Chile 181
A problemática da radioatividade 185
A ilha na vanguarda da gastronomia 189
A boa arte de furtar galinhas e socorrer porcos 195
Noble na peixarada... 201
Alô, massa tijucana! 207
Mistérios da produção e do consumo 213
Os pequeninos ajudantes 219
A Europa abaixadinha 225
Malvadezas marinhas 231
Solvitur acris hiems 235

Sobre o autor 241

Apresentação

ARTE E CIÊNCIA DE ESCREVER CRÔNICAS

Luís Antonio Cajazeira Ramos
Professor e poeta

João Ubaldo Ribeiro escreveu alguns dos mais relevantes romances da literatura brasileira, como *Sargento Getúlio*, *O sorriso do lagarto* e sua obra-prima mais conhecida, *Viva o povo brasileiro*, que, juntamente com *Os sertões*, de Euclides da Cunha, *Grande sertão: veredas*, de João Guimarães Rosa, e alguns outros poucos livros, integra o restrito conjunto de textos literários fundamentais para expandirmos a compreensão sobre nossa nacionalidade. Atestam o reconhecimento da importância de sua obra as sucessivas edições de seus livros, a grande quantidade de dissertações e teses acadêmicas focadas em sua literatura, sua eleição para renomadas agremiações de cultura, com destaque para a Academia Brasileira de Letras, além dos prêmios que lhe foram agraciados ao longo da vida, coroada com o Prêmio Camões, que é concedido ao conjunto da obra de um autor de país integrante da comunidade lusófona.

Em seu próprio tempo, enquanto esteve vivo e ativo, produzindo e publicando, não somente os romances lhe proporcionaram um público leitor numeroso. Graduado em direito, pós-graduado em administração pública e atuando por alguns anos como professor universitário, João Ubaldo Ribeiro construiu sua carreira profissional no jornalismo. Foi repórter, articulista, editor, redator-chefe, assim como manteve, para nossa sorte, nos principais veículos de imprensa do Brasil, onde trabalhou ou foi colaborador, uma coluna de crônicas, às vezes diárias, às vezes semanais, às vezes ocasionais. Com suas crônicas, conquistou um público fiel, cativo, assíduo e certamente incontável, em número ainda maior que o de leitores de seus livros e integrado por pessoas dos mais diversos níveis sociais, culturais e escolares, inclusive gente pouco ou nada acostumada à leitura em geral ou, especificamente, à leitura de livros de literatura.

A crônica é um gênero literário bastante fecundo no Brasil, com domicílio preferencial nos jornais e revistas impressos e, mais recentemente, nas mídias eletrônicas. Trata-se de um texto curto e geralmente narrativo, assim como o conto, mas voltado para fatos do cotidiano, detendo-se sobre os mais diversos assuntos da vida comum, da política, da economia, do esporte, da convivência social, das relações pessoais etc. Embora a crônica geralmente seja elaborada no calor dos fatos e deva ser escrita em linguagem acessível a um público diversificado, é na qualidade do texto, como em qualquer outro gênero, que se define sua elevação ao patamar de obra literária. E sob esse prisma, ombreando-se com a produção de Machado de Assis, Lima Barreto, João do Rio, Carlos Drummond de Andrade, Rubem Braga, a coleção de crônicas de João Ubaldo Ribeiro, um mestre de vários gêneros literários, está entre as mais significativas de nossa literatura.

Um traço marcante da crônica de João Ubaldo, que perpassa toda sua obra, é o humor. E quase sempre a ironia. Seu texto possui uma evidente descontração, parecendo surgir de suas andanças e paradas para descanso e conversas em cenários captados nas ruas, praças, bares (muitos) e lares Brasil afora, notadamente do Rio de Janeiro, de Salvador e de sua querida Itaparica. Senhor de sua escrita, ele dialoga de forma natural com a simplicidade do povo, sem resvalar para o populismo de reproduzir erros de ortografia, nem utilizar construções sintáticas esdrúxulas, mantendo na crônica a alta expressão de sua linguagem culta e seu evidente domínio da elaboração textual. E tece tais narrativas sem aprofundar-se na alma dos personagens que lhe visitam a memória nessas crônicas, como bem o faz em seus romances. Ao contrário, como convém aos textos de crônica, o autor se aproxima de seus personagens de forma bem relaxada, acercando-se de suas alegrias, agruras, vivências e expectativas, terminando por trazer-lhes a alma exposta à superfície do olhar, do sorriso, da lágrima, da pele de sua brasilidade.

Este volume, *Arte e ciência de roubar galinhas*, composto após uma cuidadosa pesquisa editorial e seleção de textos, constitui uma coleção de crônicas de João Ubaldo Ribeiro bastante representativa dessa vertente de sua obra, permitindo ao público atual e às próximas gerações deleitar-se com este recorte meio ficcional, meio realístico, de nossa identidade social e comportamental.

Padecendo no inferno mesmo

Eu o conheço pouco. Ou talvez o conheça muito, embora não saiba de muitas coisas sobre ele. Ele tem seis filhos. Sei disso porque, no tempo em que eu andava solteiro e solitário por esses bares daqui, carregando dementemente um livro para ler numa mesa geralmente mal-iluminada, ele apareceu numa noite de quinta-feira e, desde essa noite, a gente sempre se via e batia papo. Na segunda dessas quintas-feiras, ele estava preocupado, exatamente porque ia nascer o sexto filho.

— Que bobagem — disse eu. — Ainda se fosse o primeiro, está certo que você ficasse preocupado. Mas o sexto, rapaz, vocês já são muito veteranos.

— Aí é que você se engana — disse ele. — Toda vez eu sou calouro. É sempre uma novidade.

— Claro — falei eu, imaginando que estávamos prestes a entrar num desses papos poéticos a que os cachaceiros em geral são habituados. — Sim — falei, caindo imediatamente no clima, pois sou de boa paz — é sempre uma experiência nova, a vida nunca se repete, é sempre um milagre novo. Mas o que eu queria dizer é que, apesar disso...

— Não é nada disso — suspirou ele. — Eu entendo tudo isso, não é nada disso. Eu atribuo esse negócio à televisão. Quer dizer, pelo menos parcialmente eu atribuo.

— O que é que você atribui à televisão?

— Esse negócio de eu nunca estar preparado para o nascimento do filho. Cada um é diferente, quer dizer, o nascimento é diferente e o que se faz depois é diferente, eu não aguento mais, estou um farrapo nervoso, é isto o que eu estou: um farrapo nervoso!

E, de fato, ele parecia um farrapo nervoso. Até a pessoa que nunca viu um farrapo nervoso reconhece um, quando o encontra. Mas ele tinha razão. O primeiro filho dele — contou — se chama Marcus Vinicius (foi da geração Marcus Vinicius — esclareceu ele —: no dia em que ele nasceu, nasceram mais quatro Marcus Vinicius no mesmo andar da maternidade). Marcus Vinicius nasceu de parto programado. Naquele tempo, estava tudo muito tecnológico e as pessoas consideravam um resquício de barbarismo esse negócio de as mulheres esperarem a calada da madrugada para sentir contrações, sair às carreiras para o hospital e assim por diante. Então programaram tudo, tacaram a anestesia, fizeram a coisa toda muito cientificamente.

— Mas aí ela mudou bastante — disse ele. — Eu notei quando ela deu para não raspar as pernas, nem raspar debaixo dos braços, e deu para andar com umas saias de pano esquisito, umas saias rodadas. Acho que foram umas reportagens que ela viu, ou então essas baianadas mesmo, isto aqui é uma praga, a verdade é esta. Atribuo muito dessa coisa também a essa baianada, esta é que é a verdade.

— Mas isto influenciou o nascimento do filho seguinte?

— Filha. Lua Jaciara. Claro que influenciou! Ela resolveu ter parto completamente natural, queria parir em casa, a menina nasceu que parecia mais um esqueleto, por causa da macrobiótica que ela fez. Felizmente que eu não vi nada, porque desmaiei. Eu tive de ficar de mãos dadas com ela e aí desmaiei, com os urros que ela dava. Acho que isto também contribuiu para ela mudar de ideia. Quando ela ficou grávida de Serguei, já estava decidida a fazer parto sem dor.

★★★

— E Serguei nasceu bem?

— Nasceu, nasceu! Só não nasceu sem dor, tenho de reconhecer. Acho que ela não fazia a respiração direito, deve ter sido porque eu ficava tonto na hora de acompanhar a respiração dela, às vezes também desmaiava, como na vez do parto natural. Felizmente, quando ela ficou grávida de Alessandra, eu não tinha mais que segurar a mão ou respirar junto, eu tinha mesmo era de ajudar a filmagem, porque ela queria guardar um filme do parto, foi no tempo em que todo mundo filmava parto. Foi meio chato, porque eu não tenho equipamento, nem sei filmar, e então foi uma confusão de gente na hora do parto e até hoje eu não tenho uma cópia desse filme e o desgraçado que filmou pegou essas cenas e botou num curta sobre a seca do baixo São Francisco, numa simbologia do renascer da terra, não sei o quê, e todo mundo que vai ver esse filme vê minha mulher parindo e eu lá com cara de besta, de bonezinho de médico e tudo.

— E daí em diante você teve de mandar filmar todos os partos?

— Não. Huamac-Tupã nasceu com ela acocorada. Esse foi o pior, ela ali acocorada e o médico dizendo "não tenho nada com isso, desse jeito eu não faço", isto porque nós estávamos veraneando e o menino resolveu nascer antes do previsto, talvez de tanto ela se acocorar para treinar, e então tivemos que fazer o parto com o médico do posto mesmo, mas Maquinho — o apelido dele é Maquinho — nasceu direito. Quase cai de cabeça no chão, mas nasceu.

Naquela quinta-feira, ele estava uma pilha, porque o próximo filho ia nascer no escuro (aliás, já nasceu e se chama João Paulo), com o acompanhamento de dois médicos: uma ginecologista amiga da mulher dele (que dizia que não garantia nada) e um obstetra amigo dessa ginecologista (que dizia que nunca tinha feito, mas garantia).

E hoje, quando o encontro por acaso numa barraquinha de cerveja e caranguejo aqui na praia da Pituba, ele me cumprimenta quase trêmulo. Vai ter o sétimo filho daqui a três meses. Parabéns, digo eu. Ah, diz ele, desta vez o menino vai nascer dentro d'água. Uma coisa eu lhe asseguro, diz ele, meus filhos sempre nascem na última moda. Neste sentido, nunca vão ter razão de queixa. Se for homem vai ser Charles, se for mulher vai ser Diana, diz ele.

(05-04-81)

Saudades do jejum

Hoje não tem mais nem Semana Santa como antigamente. Principalmente as Semanas Santas que passei, quando era menino em Aracaju. Isto já faz mais tempo do que eu gostaria de admitir, mas, de qualquer forma, não faz tanto tempo assim. Faz o suficiente, é bem verdade, para eu ficar escandalizadíssimo com as Sextas-Feiras Santas de hoje em dia. Não está direito.

Desde o começo da Semana Santa, a gente escutava umas aulas de catecismo tristíssimas, tão tristes que às vezes a professora chorava e todo mundo chorava, de maneira que, na Sexta-Feira Santa, o clima já estava preparado. Não precisava nem da missa, com o padre todo de roxo e falando uns latins que a gente estava sentindo que era coisa tristíssima, porque todo mundo já amanhecia triste. Se alguém ligasse o rádio (estava na cara que era meio pecado, mas às vezes a gente facilitava e ligava — tudo tentação do Cão, é claro), só ia ouvir música clássica. Não precisava ser sacra: podia ser a "Heroica", podia ser até a abertura de *Madame Butterfly*. Mas tinha de ser clássica, coisa séria, para mostrar respeito, e então às vezes a gente escutava aquela música e ficava mais triste ainda. Também não se podia falar alto, dar muita risada e sair correndo por aí, como se fosse um dia normal. Futebol, nem pensar, as pernas podiam ir mirrando, mirrando, até Deus castigar de vez e o sujeito passar o resto da vida de muletas.

O que salvava a Sexta-Feira Santa, naturalmente, era a perspectiva do Sábado de Aleluia. Algumas famílias davam até presentes às crianças. A minha não dava, mas, já na sexta--feira de noite, a gente podia sentar no sofá e arriscar umas risadinhas, porque, quando a mãe reclamava das risadas, a gente falava que era porque amanhã Cristo ia ressuscitar e aí a mãe achava justo. Aliás, geralmente achava tão justo que começava uma risadaria sem fim, todo mundo se torcendo de rir uns dez minutos. Era bom.

No sábado, a molecada toda se reunia junto aos postes de ferro para começar a fazer barulho assim que o sino da igreja de São José tocasse. Tocava mais ou menos às dez horas e aí a gente batia com pedras e martelos nos postes, até que toda Aracaju era uma aleluia só. Mais tarde, deixavam as crianças ficar acordadas noite adentro, para assistir à queimação de Judas, precedida da leitura de um testamento em versos, em que alguém sempre herdava um penico enferrujado e todo mundo achava engraçadíssimo. Uma vez eu herdei esse penico e, pensando bem, meu patrimônio não se ampliou muito além disso até hoje.

A Semana Santa também se caracterizava pelo rigoroso jejum que a gente observava. Comer carne, principalmente a partir da quarta-feira, o mínimo que dava era a pessoa ficar a noite em claro, achando que ia morrer estuporada. Pelo menos pereba dava, era fato conhecido. Então, já na segunda-feira, minha mãe não facilitava, não existe nada pior do que menino perebento. Ela anunciava, na hora do almoço:

— Esta semana, jejum completo!

Era um grande sacrifício. Com a família toda reunida em volta de uma mesa gigantesca, a gente enfrentava: uma moquequinha de curimã; um escaldado de curimã, para os meninos enjoados, que não comiam moqueca; uma salada de bacalhau, para meu avô português, mas todo mundo metia a mão; curimã frita, para os meninos ainda mais enjoados, que não comiam nem moqueca nem escaldado; um vermelho assado, que minha mãe não deixava de fazer, senão meu pai reclamava e dizia que era muito, muito infeliz, e então minha mãe enchia meu pai de vermelho assado; feijão-de-leite; feijão normal, para os meninos enjoados e meu pai, que não comíamos feijão-de-leite; um ensopadinho de camarão, para o caso de chegar alguém e a gente poder passar vergonha; arroz, chuchu, maxixe, abóbora, tomate, macaxeira, fruta-pão, inhame, pão (para meu avô português), macarrão, manga, abacaxi, caju, melancia, mamão, pitomba, gravatá, marmelada, goiabada, compota de caju, doce de leite, baba de moça, biscoito rico, queijo de bode, requeijão, manteiga de garrafa, bolachão, suspiros e sequilhos, além de mais umas vinte coisas, que a memória me falha nestas horas. Na verdade, o jejum lá de casa era conhecido e vinham amigos e parentes de longe, só para jejuar com a gente. Sempre foram recebidos, não davam trabalho algum, bastava acrescentar uns cinco pratos ao cardápio e reforçar o tira-gosto, que começava a sair às dez horas da manhã de terça-feira e só parava domingo de noite, pelo menos que eu saiba.

Hoje, não. Hoje ninguém mais jejua, é ou não é? Principalmente aqui no Nordeste. Deve ser o desgaste do espírito religioso de nosso povo. Aqui no Nordeste se passa muita fome, mas nunca que é a mesma coisa.

(19-04-81)

O FIM DO JEGUE

Em Salvador terá havido, segundo eu soube, uma reunião entre técnicos do governo e abatedores de jegues. O jegue sofre. Até mesmo o nome honesto que recebe — afinal um jegue é um jegue — é considerado, geralmente, indigno de sair na imprensa nordestina, pelo menos nas matérias mais formais. Escreve-se "jumento", às vezes até "asno", mas jegue só para fazer graça. E, agora, diz-se que o governo está preocupado, porque as oito milhões de cabeças que havia no Nordeste estão reduzidas a mais ou menos três milhões. E que, coisa inconcebível em minha infância, a carne do jegue agora virou importante produto de exportação. Segundo ouvi, é vendida principalmente para o Japão, onde se transforma em comida de cachorros. Não tenho certeza quanto a isso, não sei se, neste mundo louco, o Japão exporta latas com a carne dos jegues nordestinos para os cachorros americanos, mas a verdade é que, passando de companheiro e trabalhador a mercadoria de consumo, o jegue se tornou tão importante que os exportadores alegam crise, se o abate, que se propõe limitar às fêmeas em geral e aos machos antes de uma certa idade, for restringido. Hoje, que coisa mais estranha, um jegue nordestino não pode ficar pastando como sempre pastou, com a paciência estoica que sua honrada espécie preserva desde que chegaram aqui seus ancestrais, aproveitando tudo e não dando despesa ao dono pobre, não pode mais ficar pastando ao pé de uma estrada qualquer porque — há denúncias aqui neste jornal — será sequestrado e transformado em artigo de exportação, morto nos matadouros de Senhor do Bonfim, estatística positiva na balança comercial.

Prevê-se a extinção breve do jegue, ainda nesta década que mal começa. Diz-se que vão defendê-lo, mas não deve ser verdade exata. O jegue vai perder.

Não pretendo ser hipócrita e santimonial quanto a matarmos bichos e nos servirmos deles. Quase todos comemos carne, quando podemos, e passamos a vida a nos alimentar dos cadáveres dos outros animais. Sem eles, não existiríamos. Sem a galinha, tão humilhada, coitada, provavelmente a humanidade não sobreviveria, como não sobreviveria sem, de uma forma ou de outra, todos os bichos que Deus fez. Mas, não querendo discutir (porque é impossível), a verdade é que a gente se consola em saber que, quando se matam certos bichos, é para comer, e que um comer o outro é coisa que a natureza estabeleceu desde o começo, coisa válida não só para galinhas ou baratas como para nós mesmos, que, para começar, somos verdadeiros zoológicos ambulantes, jardins de bichinhos e plantinhas (sem alguns dos quais morreríamos ou seríamos muito doentes, mas a maior parte dos quais simplesmente nos tem como meio ambiente e fonte de comida) e, para terminar, somos comida dos vermes de Augusto dos Anjos. A gente faz distinção. Eu mesmo guardo fundo remorso, uma coisa indelével em minha alma, um pecado que às vezes envenena os instantes raros em que me encontro contente comigo mesmo, porque, quando era menino, fui cúmplice do ato estúpido de jogar água fervente nas costas de um velho sapo de jardim. Foi uma coisa rápida: algum dos meninos sugeriu, todos aceitaram, ferveu-se a água, matou-se o sapo cruelmente. Mas lembro também que, ao contrário de outras ocasiões quando fizemos besteiras, os meninos da nossa turma ficaram sem graça depois de tudo, o autor da ideia não ganhou status, antes o oposto. E, uma vez, fui falar dessa memória, já homens feitos e pais de família ambos, com um dos coautores e ele me disse, levantando-se, mudando de assunto e passando a examinar com interesse detido os livros de uma prateleira, que também pensava sempre nisso, que não gostava de pensar nisso, que às vezes percebia o fantasma daquele sapo, disfarçado entre seus muitos pesadelos.

O jegue eu tenho visto desde a infância, carregando caçuás e garajaus e barricas e tantas outras coisas, em suas cangalhas de paus lisos e forradas de palha. Tenho-o admirado enquanto, com seu andar estólido e sua grande visão triste, puxava, em rodas sem fim, as moendas de dendê. Tenho visto os aguadeiros da ilha de Itaparica conversar na orelha de seus jegues com carinho, tenho visto os jegues trabalhar sem descanso ou mais recompensa do que essas conversas, tenho visto jegas prenhes trabalhando até o dia de parir, jegas com seus jeguinhos peludos recém-nascidos e saltando no pasto, tenho visto os meninos catando suas grandes bostas verde-escuras para pôr nas plantas e as fazerem florescer. Recordo que, ainda quando havia terrenos com capim grosso em Itaparica, um amigo me disse, diante de um jegue que, silenciosamente, babava diante da grama, sem conseguir comer em sua hora de almoço, que aquele jegue tinha dor de dentes. Disse esse amigo que, se déssemos coentro e hortelã ao jegue, a dor de dentes melhoraria — e me lembro com que emoção demos coentro e hortelã ao jegue e vimos com alegria que ele melhorou, pastou e andou embora. Porque foi impossível esquecer aquele bicho com sua dor de dentes silenciosa e é impossível esquecer, quando menino, a solidariedade que conseguimos ter com um bicho, pois é como a sensação que se experimenta ao regar plantas ou ao ver o ar da manhã e pô-lo para dentro — uma sensação de que temos importância na natureza.

Lembro que, nestes dias tão metidos a sebo, achamos que as máquinas fazem todo o nosso serviço, mas isto não é verdade, pois até as estatísticas mostram que a contribuição das bestas de carga e trabalho, hoje mesmo, é responsável por uma produção de bens e serviços superior a todos os tratores e motores a diesel. Na Índia um elefante, no Nordeste um jeguinho, pisando duramente o chão ingrato, o couro escovado pela cangalha, o lombo derreado pela carga, o rosto manso refletindo paciência e resignação. E ainda há as mulas e burros, que o jegue fabrica com as éguas e que, aqui como em todas as Américas, puxaram arados e canhões, deram comida e revoluções, levam notícias e livros aonde o homem quer ir e as máquinas não podem.

Pode dar-se que tudo isto sejam razões sem razão, como as de Sancho Pança, rei da ilha de Baratária, que cavalga seu jumento pela nossa História, sempre marcada por um fidalgo e seu leal escudeiro. Ou como as minhas próprias, as de quem perguntava às mulheres e sábias, que, depois de trabalhar tanto o dia todo, arrepanhavam as saias em torno dos meninos para contar histórias de Trancoso, por que haviam chamado, naquele mesmo dia, à entrada da casa, o "jumento, nosso irmão". Ah, dizia a velha senhora, ajeitando o torso na cabeça com as palmas das mãos e se preparando para falar muito e brilhantemente, é porque o jumento, naquele tempo, carregou Nosso Senhor Jesus Cristo e carregou Nossa Senhora. — Naquele tempo... — começava a velha. Então eu acho que todos temos o dever e o direito de exigir que parem de matar os jegues e que deixem a nossa História em paz e dignidade.

(23-08-81)

A VIDA NATURAL

Talvez o distinto leitor ou a irresistível leitora sejam naturais, caso em que me apresso em esclarecer que nada tenho contra os naturais, antes pelo contrário. Na verdade, alguns dos meus melhores amigos são naturais. Como, por exemplo, o festejadíssimo cineasta patrício Geraldo Sarno, que é baiano e é natural — pois neste mundo as combinações mais loucas são possíveis. Certa feita, estava eu a trabalhar em sua ilustre companhia, quando ele me convidou para almoçar (os cineastas, tradicionalmente, têm bastante mais dinheiro do que os escritores; deve ser porque se queixam muito melhor). Aceito o convite, ele me leva a um restaurante que, apesar de simpático, me pareceu um pouco estranho. Por que a maior parte das pessoas comia com ar religioso e contrito? Que prato seria aquele que, olhos revirados para cima, mastigação estoica e expressão de quem cumpria dever penosíssimo, um casal comia, entre goles de uma substância esverdeada e viscosa que lentamente se decantava — para grande prejuízo de sua já emética aparência — numa jarra suspeitosa? Logo fui esclarecido, quando meu companheiro e anfitrião, os olhos cintilantes e arregalados, me anunciou:

— Surpresa! Vais comer um almoço natural!

A velhos amigos perdoa-se tudo, ou quase tudo. Não saquei da peixeira. Sorri hipocritamente, lembrando o dia em que me tinham levado a um restaurante macrobiótico em Salvador e, sentado entre almofadas orientaloides, medonhos bafos de fumaças almiscaradas certamente letais e rodadas mortíferas de bolinhos e papinhas inquietantes, tive uma crise nervosa e fui obrigado a retirar-me. É bem verdade que a crise só começou na hora em que um senhor de catadura espectral e ar de quem havia morrido três dias antes me distinguiu com uma conversa sobre a excelência daquela alimentação e sobre as doenças que, com o uso persistente da massamorda ora servida aos presentes, ele enfrentara e vencera. Eram todas as doenças, aliás, inclusive algumas que eu não conhecia. À medida que ele falava, eu ia desenvolvendo os sintomas descritos. Contou-me mais ainda como eu estava envenenado e como teria de comer a dita chanfana diariamente, para atingir o estado de saúde perfeita que ele agora me exibia. Fui-me sentindo cada vez pior e saí precipitadamente, para morrer em paz em outra freguesia. Com tão triste memória na cabeça, inquiri, fingindo calma, se se tratava de um estabelecimento do mesmo gênero.

— Não, nada disso! É a mesma coisa que a comida comum, só que natural — explicou-me Geraldo com vivacidade. — Que é que você está com vontade de comer?

— Um filé? — falei hesitante, com a mesma sensação que a gente tem quando acaba de dizer alguma coisa e nota que deu um fora irremediável.

— Um filé? Você vem a restaurante natural e quer comer um filé?

Pensei em explicar-lhe que eu não tinha ido a um restaurante natural, para lá houvera sido traiçoeiramente conduzido por um amigo sem sentimentos, mas preferi a resignação. Ele me explicou que existia um certo bife feito de vegetais, à base de soja, que era das coisas mais deliciosas sobre a face da terra e que, de olhos fechados, ninguém o distinguiria de um bife de carne. Muito bem, eu comeria o bife, ele preferiu uma estonteante combinação de vegetais exóticos, prato que eu designaria com o nome lisonjeiro de inferno verde, mas que o fez ficar tão feliz quanto uma preá numa horta. Quanto a mim, entrei em funda depressão.

— Agora compreendo por que você falou em "olhos fechados" — disse-lhe eu. — Realmente, de olhos fechados facilita a gente rezar.

— Ah! — exultou ele. —Você acha que este seu prato é de comer rezando?

— Para pedir misericórdia — respondi.

E, dessa época em diante, a situação vem tendendo a agravar-se, pois todos os dias alguém nos doutrina sobre a naturalidade e eis que tomar uma aspirina pode até render inimizade. Certos naturais, como se sabe, gostariam de naturalizar absolutamente todas as pessoas e ficam revoltados quando alguém não se submete a suas convicções. A questão dos remédios assume proporções radicais e as pessoas explicam que remédio com base em planta não faz mal, porque é natural. Isto não deixa de ser interessante, quando lembramos que Sócrates morreu depois de tomar uma taça de cicuta, um chazinho de cicuta, suponho. Para não falar (por que, em português, "para não falar" significa "para falar" e "pois não" significa "pois sim"?) numa porção de outras. Tem uma que dá uns trevinhos bonitinhos, usados para fabricar digitalina, uma droga usada contra certas doenças cardíacas. Só que, se o camarada não for cuidadoso e não tomar o negócio nas quantidades mínimas receitadas, o coração enlouquece e pifa. E as que dão estricnina? E quem é besta de morder uma mandioca acabada de arrancar? Imagino que é uma coisa natural a pessoa tirar um pedacinho de uma folha qualquer e mordiscá-lo. Experimentando, contudo, tal procedimento com um pedacinho de folha de comigo-ninguém-pode, essa pessoa notará que a língua inchará e daí a pouco, entre sintomas dos mais desagradáveis, não vai mais poder respirar.

Contudo, insiste-se em que as plantas não contêm "produtos químicos", o que não quer dizer nada, porque tudo o que existe é "químico". Quase não há, por exemplo, vida sem cloro, que é veneno se respirado puro. E, de qualquer forma, existe uma dose fatal para tudo, inclusive água e oxigênio. Se alguém fizer uma lista dos possíveis efeitos colaterais da inalação de oxigênio, é bem possível que muita gente contemple deixar de respirar, pelo menos por uns tempos. Mas tudo bem, vivam as plantas, vivam os naturais. A única coisa que me chateia é que não acho natural que me queiram obrigar a ser natural. Até mesmo porque tudo tem limites, pois outro dia vi no jornal as declarações de um natural, aborrecidíssimo porque encontrara uma lagarta na alface natural de um restaurante igualmente natural. Não achei coerente. Nada mais natural do que uma lagarta numa folha de alface.

(05-12-82)

Encontrei todos bem

Fui chegando aqui à Bahia, a caminho de Itaparica — onde deverei basicamente pescar, mentir na praça do Mercado e, de quando em vez, escrever uma carta patética a meu abnegado editor, solicitando mais fundos para a realização da minha obra — e fui logo perguntando pelos cachorros. Os cachorros daqui da casa de meu pai, como aliás todos os bichos que aparecem por aqui, são muito interessantes — a começar por Lilico, um animal vagamente *fox terrier* que namorava escandalosamente com Chiquita, a gata siamesa de meu pai. Uma vez, Lilico e Chiquita — como direi? — se engalfinharam amorosamente em plena sala, na frente de uma visita eclesiástica, um verdadeiro escândalo. Minha mãe e o monsenhor fingiram que não viram (um ato de heroísmo da parte deles, já que fingir que não estavam notando aquela fuzarca era a mesma coisa que tentar manter uma conversação junto de um trio elétrico), mas meu pai ficou entusiasmado. "Creio que teremos nesta casa uma ninhada de cagatos", disse-me ele com orgulho. Não houve, infelizmente, frutos desse e de outros acalorados idílios vividos por Chiquita e Lilico, mas por aí vocês já veem como os bichos aqui de casa são interessantes.

Agora temos dois cachorros, Duque e Wolfgang (embora este só atenda, quando atende, por Wolf ou Carrapicho). Duque é um fila da envergadura de um hipopótamo e só um pouquinho mais pesado, cujo principal talento é ser capaz de comer seis pães (seis dessas bisnagonas de mais de meio metro) em 15 segundos cravados, coisa que ele faz toda vez que deixam o pão dando sopa, e depois se julga no direito de ser festejado pela habilidade. Wolfgang é um ~rottweiler~ alemão, cuja disposição habitual se compara desfavoravelmente com a de um comandante das SS e que não se dá com ninguém. Meu pai explicou que ambos são ótimos indivíduos, "apenas temos de respeitar suas respectivas maneiras de ser".

— A maneira de ser de Duque — esclareceu ele — é abestalhada. A maneira de ser de Carrapicho, por assim dizer, é de inimigo de toda a Criação em geral. São posições.

Duque e Wolfgang dividem as responsabilidades da guarda da casa. Duque cuida dos fundos, onde de vez em quando derruba um bujão de gás com um encontrão casual. Wolf cuida da frente, parte da casa onde absolutamente ninguém é bem recebido (a não ser os da casa mesmo, mas sem intimidades) depois que ele assume o posto — com rigorosa pontualidade e sempre parado no mesmo lugar, na evidente intenção de comer a primeira coisa que se mexa em sua frente. Fui visitá-los. Duque me cumprimentou com efusão, Wolf se levantou e rosnou, enfiando a cara pelas grades do canil. Com o ar confiante que estudei nos livros sobre treinamento de cães, aproximei-me para fazer amizade, levantei a mão para afagá-lo.

— Use a esquerda — aconselhou meu pai. — Pelo menos assim você ainda vai poder bater à máquina com a direita.

Preferi adiar a experiência, fui passar em revista os outros moradores da casa ali presentes. Laurindo, o papagaio novo, não é considerado dos mais brilhantes. Passa a maior parte do tempo dando risada e não admite que a cauda cresça: quando uma peninha ameaça sair da linha que ele mantém cuidadosamente aparada, ele vai lá e faz a poda no capricho. Trocamos algumas palavras formais, fui em frente. Não sei por quê, desconfiei de Laurindo e suspeito que meu pai também desconfia. Tanto assim que vem sendo providenciado um outro papagaio. Segundo me contou meu irmão, esse papagaio está sendo expulso de Santa Maria da Vitória, onde hoje reside, devido a sua linguagem incontinente. Razão principal por que meu pai se interessa por ele — confidenciou meu irmão —, embora o velho negue essa alegação com veemência. Diz que está apenas concedendo asilo a um exilado político, um papagaio militante.

Carlos Galhardo, o canário premiado, teve sua medalha removida da gaiola onde era tradicionalmente ostentada. Perguntei a razão e me explicaram que ele estava ficando um pouco metido a besta, meio mascarado mesmo. Quando tiraram a medalha, voltou a ser o velho Galhardo. Observei isso imediatamente, porque ele não interrompeu o solo que estava dando, à minha chegada. Pelo contrário, caprichou, gorjeou, chilreou, pipilou e conjugou todos os outros verbos referentes a vozes de passarinhos. Enfeitava a canção, dava um breque aqui outro acolá, um repique lá um repinique cá e, o bico fremente voltado para o alto, concluiu com um agudo inimitável.

— Ele está mais para Pavarotti — disse eu, entre os bravos e palmas da extasiada plateia.

— Carlos Galhardo! — repeliu meu pai com energia. — Inclusive, é uma ave de caráter, de princípios nacionalistas sólidos. Você se lembra que, nas duas vezes em que Frank Sinatra esteve no Brasil, ele parou de cantar?

Eu me lembrava. Intimamente, achei que era mais coisa de vaidade de artista, mas não quis contrariar meu pai. Não se deve contrariar o pai, notadamente quando o pai é dono de Wolfgang, o nordestino é muito realista. Além disso, havia mais coisas a fazer, tais como dar um pulo ao cercadinho dos cágados. Continuam na mesma, comendo placidamente flores e se empilhando para tomar sol. Agora, além de Aquiles e Zé Lewgoy, os dois veteranos, há mais três, certamente de personalidades bem menos marcantes do que as dos primeiros, porque ninguém concorda quanto aos nomes deles, há sempre informações contraditórias e polêmicas. O Zé recebeu esse nome certamente em homenagem às maneiras quelônias que o brilhante personagem criado pelo festejadíssimo ator e amigo da casa exibe na novela das oito. O Zé, o propriamente dito, ainda não sabe da homenagem, mas, como meu filho de dois anos o chama (ao propriamente dito) de "tio Zé", transferiu a designação ao cágado, novidade que agradou bastante por aqui. É até bom contar isso, porque, quando aparecerem visitas do Sul do país, vão ter menos dificuldades em entender por que uma família inteira chama um cágado de "tio". Acho também que o Zé, o propriamente dito, gostaria de saber disto.

Além de Maquiavel, o camaleão (que agora vive solto, está enorme, mora no pé de fruta-de-conde e continua muito sociável e gentil — "um pouco ousado", queixa-se minha mãe), do casal de calopsitas e dos outros vários bichos e plantas, posso também informar que Iolanda, Adalgisa e Alquêndica, as poedeiras, apesar de um pouco idosas, vão bem, na companhia do tou-fraco Wilson Grey. Não sei por que Iolanda e Adalgisa se chamam assim — deve ser pela cara mesmo, ninguém se lembra. Alquêndica, contudo, é em homenagem a uma das amigas imaginárias de minha irmã, do tempo em que ela era menininha. A outra amiga — a Gíssima, ou Gisma — também deu nome a uma galinha, mas esta morreu em acidente de trabalho, um ovo entalado. Achei Iolanda em grande forma, pedi para levá-la para trabalhar em nossa casa de Itaparica. Meu pai, depois de alguma hesitação e de advertir que ela já estava com manias de velha e não era mais a poedeira magistral que um dia foi, acabou cedendo.

— Mas veja bem — disse com certa severidade. — Não vá ficar decepcionado com a produtividade e comer Iolanda, hem? Nós temos muita estima por ela!

Prometi que jamais comeria Iolanda, longe de mim tal pensamento. Fui lá dentro inspecionar minha vara de pescar, imaginei-me na ilha de Itaparica entre garoupas, guaricemas, vermelhos, pampos e cabeçudos e mentindo estrondosamente sobre "aquele de oito quilos que escapou no último instante". Suspirei. A vida do escritor é muito dura, mas, pelo menos, felizmente, encontrei todos aqui muito bem.

(31-07-83)

O escritor da cidade

Modéstia à parte, não sou pessoa desimportante aqui na ilha de Itaparica. Tratam-me com deferência e cordialidade, afinal sou o escritor da terra. Isto, em contrapartida, acarreta naturais obrigações para com a coletividade. Algumas são genéricas, tais como assinar a lista para a festa de São Lourenço, ou jogar um dinheirinho no pano que os meninos levam pela cidade na frente da bandinha, para ajudar a Irmandade. Outras são específicas, como a de escrever e redigir. Não é tão simples quanto vocês podem estar pensando, pelo contrário, é altamente complexo. Por exemplo, outro dia Luiz Cuiúba estava discutindo no Mercado sobre quem conhecia mais marcas de peixe, se era ele ou se era Ioiô Saldanha. A coisa esquentou, surgiram graves divergências quanto a nomes já mencionados e a solução foi me convidarem para sentar à mesa do mingau e escrever os nomes. Recusei-me, conheço atividades mais estimulantes do que passar horas escrevendo nomes de peixes, inclusive os que eu tinha certeza de que eles iam inventar. Recusei-me mas decepcionei, embora tenha alegado que precisava ir para casa trabalhar.

— Quer dizer que é escritor, não é? — perguntou-me Cuiúba sarcasticamente.

— É, sou, mas...

— ...Mas na hora que chamam pra mostrar mesmo, corre da presa! Não vi nada, não vi foi nada!

— Bem, se fosse outra hora...

— Tou sabendo! Outra hora, outra hora... Não vi foi nada!

Venho procurando evitar, desde então, todo debate público que envolva ou possa envolver listas de qualquer espécie. Mas cartas, petições, ofícios, requerimentos e uns dois serviços datilográficos eu tenho de incluir na minha agenda. Já estou ficando bom de requerimento e outro dia fiz um de umas quinze linhas em menos de quatro horas — para mim um recorde absoluto. Também dou conselhos que, felizmente, na maioria dos casos consistem em concordar judiciosamente com o que me diz o interlocutor. É preciso estar sempre preparado. Vou passando para comprar cigarros e aí me pegam bem na esquina do Solar.

— Você que é escritor, você tem que vir aqui dar um julgamento neste caso.

— Como assim, eu nem sei do que se trata, pode ser um assunto de que eu não entenda nada.

— Deixe de má vontade, rapaz, se não entendesse de tudo não era escritor. Escritor, para escrever mesmo, tem que saber de tudo, tudo ele tem de beliscar.

E aí escuto enredada trama de intrigas, amores perdidos, punhaladas nas costas, mulheres levianas, filhos ingratos e pais cachaceiros. Já tenho suficiente experiência para esperar a conclusão, que não se faz tardar:

— Agora me diga se esse sujeito não é um descarado!

— Um descarado? Bem... Qual deles, o que foi pegado com a mulher atrás das pimenteiras ou o que saiu correndo para contar à irmã do marido dela? Ou foi o outro? O outro?

— Não, rapaz, o marido! O descarado aí no caso é o marido!

— O marido? Mas o marido não fez nada. Pelo que você me disse, ele era até bom marido e aí a mulher atrás das pimenteiras...

— Então, não é descarado? Soube e continua lá, casadão, se duvidar aquela pimenteira continua assistindo a cada filme francês de arrepiar, com a mulher dele de artista! Então não é descarado? É isso que eu disse a ele! Não é descarado?

— Bem, descarado não sei bem. Talvez seja coisa de temperamento, talvez ele seja um pouco pusilânime, um pouco fraco, talvez...

— Como foi que você disse?

— Fraco, um pouco fraco.

— Não, fraco não, essa outra, essa outra!

— Pusilânime?

— Pusilânime. É isso mesmo, bonita opinião. Pusilânime, isso mesmo eu vou dizer a ele, aquele descarado é meu irmão por parte de pai, não tinha que ser pusilânime.

O mais penoso dos meus deveres, contudo, é ouvir as histórias para escrever. Começa com palmas no portão.

— Dá licença? Muito ocupado?

— Mais ou menos. Estou atrasado aqui num negócio e...

— Eu não vou tomar seu tempo não, é coisa ligeira. É uma história para você escrever. Se eu soubesse escrever, eu escrevia, porque é uma história ótima, uma coisa que eu só acredito porque testemunhei. Então eu vim aqui para poder lhe contar essa história para você escrever. Quando é que você acha que vai poder escrever ela?

— Bem, vai demorar um pouco. Você sabe, eu gostaria muito de poder atendê-lo agora, mas já estou por aqui de encomendas. Estou fazendo um livro aí, Zé de Neco já me passou mais de oito histórias, Bertinho Borba está com um livro para eu escrever, Josélio de Capataz...

— Ah, mas essa você vai ter de escrever. Se você não escrever, quem é que vai escrever? Seu avô, Deus o tenha, já morreu. Aliás, seu avô não era assim como você não, a pessoa procurava ele para escrever e ele escrevia. Eu mesmo cansei...

— Mas é questão de tempo, eu ando sem tempo.

— Então, quando você tiver tempo, você escreve. Essa história se passou faz mais de vinte e cinco anos, que vinte e cinco nada, faz mais de trinta. Você conheceu o finado Lalinho? Um ruço, assim meio alemão, que tinha dois jegues para carregar água, morava no beco de Antônio do Café? Lembra, sim, um que andava com o chapéu amarrado, assim achatado, parecendo um cangaceiro. Um que...

E lá vamos nós durante algumas horas e termino não sabendo direito o que foi que finado Lalinho fez. Mas aplaudo a história, observo os lances mais emocionantes, elogio a habilidade da narração, prometo escrever tudo na primeira oportunidade. Ele sai satisfeitíssimo, vai para o bar de Espanha anunciar e comemorar a parceria, embora eu duvide que alguém lá queira ouvir a história. O pessoal do bar de Espanha não presta atenção a nada, só quando é discurso.

Tudo isso, como disse, faz parte das naturais obrigações do escritor da cidade. Entretanto, em relação à área turística, estou cogitando da cobrança de pequenos honorários à Bahiatursa, em troca dos quais prometo ficar duas horas por dia sentado a uma mesinha ao ar livre, em companhia de uma garrafa, um copo, um caderninho e um exemplar antigo de *Temps Modernes*, fazendo cara de escritor e dizendo uma frase incoerente ou outra aos nossos visitantes. No verão, acho que vou ter muito trabalho, a julgar pelas amostras.

Estou em pé na varanda esticando a coluna, passam os turistas pela pracinha. O menino que serve de guia estaca, aponta na minha direção.

— O escritor — diz ele.

— Ah, sim — interessam-se todos, fazendo aquelas expressões de membros de grupos turísticos a quem mostram alguma coisa.

— Como é o nome dele? — perguntou um.

— Não sei — disse o menino. — Mas é escritor, todo mundo sabe que é escritor.

— Ah!

O grupo se detém um pouco, um tira uma fotografia, uma senhora acena. Volto para minha mesa, cuja janela é muito baixinha e dá para a rua, começo a escrever, sinto uma presença: é outra senhora, com a cara para dentro da sala. Tomo um susto.

— É o escritor? — pergunta ela, com sotaque paulista.

— É, sou, sim.

— Escrevendo?

— Escrevendo.

Fez uma longa pausa, inspecionou pausadamente todos os cantos da sala com o pescoço esticado. Finalmente, com uma última olhada, foi embora, não sem antes me dizer, como um sargento a um soldado: "Muito bem."

— Obrigado — disse eu —, mas da próxima vez eu cobro.

(02-10-83)

Martírio e glória do pai de fia feme

Esta é a minha terceira. Até que se trata de coisa modesta, modestíssima, considerando como o povo daqui é filheiro. Meu tio-avô Neco mesmo, Deus o conserve, tinha, segundo reza a tradição familiar, mais de setenta filhos. É o que me contam. Eu só conheço propriamente uns trinta, trinta e poucos, desses primos, mas qualquer um aqui na ilha confirma a fama de tio Neco. Entre os antigos, ele é muitíssimo respeitado, sente-se uma atmosfera de quase reverência quando se cita o nome dele. Três dos filhos dele — meus primos Nené, Nequinho e Zé de Neco — têm juntos mais filhos do que a população de algumas vilas aqui da ilha. Impossível saber a conta certa porque toda hora eles estão mudando as estatísticas, eles são danados. E Zé de Neco nunca me disse direito quantos filhos tem. Toda vez que eu pergunto, ele me dá um número diferente. É natural. Com tanta gente assim, o sujeito fica mesmo arriscado a misturar a filharada, esquecer o pequenininho caladinho, essas coisas.

Então meus quatro filhos não são nada demais, eu até nem abro a boca em certas reuniões de família, conheço o meu lugar. Meu problema é que, dos quatro, três são fias femes, mulheres. Fui recebido com algum desdém no Mercado, logo que cheguei de volta do Rio.

— Fia feme outra vez, hem, esse menino? Não adiantou nada ir ter no Rio de Janeiro.

— Quando nasceu seu filho português, eu pensei que você ia se corrigir, mas já vi que com você a pedra que dá é sempre fia feme!

— É, bem, eu gosto. Eu...

— Quando é que encomenda outro?

— Outro? Não, que é isso, já parei, já estou com quatro e...

— Ó, e vai parar nos quatro, três sendo fia feme?

— Claro, quatro já é um bom número.

— Quem tem quatro não tem nenhum, rapaz, seu avô não ia achar isso certo, duvido que ele achasse isso certo.

— Meu avô só teve dois filhos.

— Como é o negócio?

— Só teve dois filhos, minha mãe e meu tio.

— Isso em casa! Em casa! Olhe... Cala-te, boca! Ora me deixe, rapaz, você não conhecia seu avô, não?

— Conhecia, conhecia. É, eu ouvi umas conversas, mas acho que tudo era boato, meu avô era um homem muito direito.

— Por isso mesmo, por isso mesmo! Seu avô não ia gostar dessa sua atitude, posso lhe garantir. Seu tio Neco, então, aquilo é que era homem. Se eu fosse tirar desse Mercado todo mundo que é seu primo ou seu tio, acho que só sobrava os maxixes e os quiabos, essa é que é a verdade! Se a mulher do sujeito não quer mais ter, tem sempre quem queira, tem muita mulher disposta nesse mundo. Ainda mais no Rio de Janeiro, onde você tira de grande magnata contando suas lorotinhas, que no Rio de Janeiro não existe esse problema, existe ainda menos do que aqui. Toda hora tem uma artista dando declaração de querer ter filho, é ou não é? E então, você também não é artístico? O escritor é artístico, não assim como um Nelson Gonçalves, um Altemar Dutra, mas é artístico. Eu queria ver seu tio Neco sendo do ramo artístico como você e residindo no Rio de Janeiro, eu queria ver se, quando uma artista dessas desse a declaração de que queria ter um filho, se ele não estava na porta dela cedinho, levando um presentinho e se pondo à disposição para fazer as vontades dela. Eu mesmo, com uma artista dessas...Você não tinha vontade de agarrar Ângela Maria, não?

— Agarrar? Ângela Maria? Agarrar Ângela Maria?

— Sim, agarrar, agarrar, agarrar! Agarrar! Você não tinha vontade de agarrar ela, não?

— Nunca pensei, assim...Agarrar Ângela Maria... Não, nunca pensei, assim.

—Você nunca nem pensou? Você já esteve perto dela, carne e osso, pertinho?

— Já, já.

— E eu que só vi na televisão e quase que não me seguro...Ah, me desculpe, mas o homem de sangue quente não pode aguentar ver aquela diaba dando aquelas notas finas do "Babalu" sem se arrepiar e querer agarrar, você me desculpe.

— Não, tudo bem, eu é que devo ser meio anormal.

— Acredito perfeitamente. Essa sua conduta não está dentro da normalidade, muito menos da normalidade de sua família. Aliás, dona Madalena, que foi sua professora, sempre disse que você era muito bom menino, muito estudioso, coisa e tal, mas meio maluquete, ela sempre disse. Agora eu já cheguei na conclusão, já estou com a conclusão.

— A conclusão? Já está com a conclusão?

—Você só tem fia feme é por causa de sua natureza fraca. É isso mesmo, a pessoa tem a natureza mais fraca — tipo assim a pessoa que fica fria podendo meter a mão e agarrar Ângela Maria —, e aí não adianta, que só vem filha mulher. É da natureza, não tem jeito. Como é o nome da menina?

— Francisca.

— Como é?

— Francisca.

— Mas, rapaz, você, não contente de ter outra fia feme, ainda bota nela esse nome de mucama?

— Nome de mucama?

— Nome de mucama! Isso é nome duma moça bem-nascida? Pelo menos botasse Francesca, como a filha de Gabriel Adevogado! Tem tantos nomes — Patrícia, Alessandra, que está muito na moda... Podia botar Priscilla, com dois *lês*, também está muito na moda. Aí bota Francisca... Sério mesmo, o nome da coitadinha é Francisca? É Chica?

— É. Chica, é Chica.

— É, já vi tudo nesse mundo, tá tudo mudado, é o Pocalipes, pode crer. Você sabe o que eu acho que você é, com toda sua grande inteligência reconhecida aqui e na Argentina?

— Não precisa dizer, eu imagino.

— Você é o tal que não usa laifibói!

Só mesmo o tal que não usa laifibói é quem sabe o que isto significa. Pai de fias femes, natureza fraca, ridicularizado pela História por não haver agarrado Ângela Maria, cheguei meio cabisbaixo. O fantasma de meu tio Neco repousou os cotovelos na janela e pregou o olho em mim, visivelmente desgostoso. Fiquei meio sem graça, pensei nas meninas, achei que todas — até a Chica, que ainda não fala mas já encara o velho pai com ar compreensivo — me perdoariam. Uma das vantagens da fia feme é que a fia feme perdoa. Olhei para o tio Neco, pisquei, peguei da pena e iniciei a redação de uma circular. "Prezada amiga artista", comecei, "não sei se, nos fugazes instantes que o Destino avaro me proporcionou em sua adorável companhia, tive a oportunidade de falar-lhe a respeito de meu tio-avô Neco. Esse homem extraordinário..."

(23-10-83)

Os comedores de baiacu

O baiacu, como haverão de saber os amáveis leitores, é o nome popular de alguns peixes aqui no Brasil (ou pelo menos em Itaparica; Itaparica é Brasil), geralmente da desagradável família dos tetradontídeos. Para ser mais claro, trata-se de um vulgar actinopterígio, teleósteo, da ordem dos plectógnatos, da já mencionada família tetradontídea e, julgo eu, na maior parte dos casos, é um exemplar da espécie em que Lineu tacou o nome de *Lagocephalus laevigatus*. Não sei por quê. Lineu tinha dessas coisas. Qualquer um que já viu um baiacu percebe logo que ele não pode ser um *Lagocephalus* e muito menos um *laevigatus*.

Mas, enfim, eis que o baiacu abunda nestas plagas. Outro dia mesmo, pescando mais Luiz Cuiúba, ferrei uns dez, tudo maiorzinho de um palmo, pescaria até boa, se fosse peixe que prestasse. Até os quatro dentinhos dele chateiam o vivente, porque só são quatro, como o nome da família indica, mas são navalhas, estropiam anzóis, às vezes cortam até os arames das paradas. E o miserável, ainda por cima, é guloso, engole o anzol de vez e é um sacrifício para tirar tudo lá de dentro. Para não falar que é metido a batalhador e então o sujeito está ali pedindo a Deus um vermelhinho, um dentão, uma xumberga, um beijupirá, uma coisa assim decente, e aí a vara verga, a linha se estica e sai em disparada para o lado, peixe grande comeu! Comeu nada. O camarada sua, luta pra cá, luta pra lá, mete a mão na linha, faz o diabo, e quem chega, sacudindo vergonhosamente a ponta da linha? Um baiacu. Não pode haver maior tristeza para quem já tinha garantido ao companheiro de pescaria que "esse bicho aqui na linha é uma sororoca e das grandes".

Cuiúba não deixava que eu jogasse fora os baiacus e, lá pelas tantas, havia uma pilha deles, ainda espadanando a pocinha do fundo da canoa.

Ha-ha! — exclamou Cuiúba, brandindo facinorosamente a faca enferrujada, mas amoladíssima, que ele sempre leva. Vou fazer filé de baiacu, que amanhã eu como uma moqueca!

E passou, com habilidade um tanto assustadora, a eviscerar, esfolar e desossar os baiacus, jogando "filé" atrás de "filé" para dentro do coifo. Alguns dos filés, inclusive, continuavam se batendo, não fibrilando como carne de cágado, mas se agitando mesmo, quase como peixes vivos. Não creio que isto possa vir a tornar-se uma atração turística, nunca vi coisa mais esquisita. E meu dever, embora Cuiúba saiba mais de peixes do que quarenta delegados regionais da Sudepe, era fazer uma advertência. Nós, biólogos, temos obrigações sociais.

— Cuiúba, você está maluco? Você vai comer isso? Isso é um *Lagocephalus laevigatus*! O famoso peixe venenoso, isso mata em poucas horas!

— Já tinha ouvido gente chamar isso de peixe-sapo, mas esse nome que você falou nunca ouvi falar — disse Cuiúba, jogando outro filé na cesta.

— Um anfíbio anuro? — disse eu. — Não seja ridículo, isso é um *Lagocephalus*.

— Isto — disse Cuiúba, metendo a faca na barriga de mais um peixe — é um baiacu. É o melhor peixe do mar e eu vou comer tudo de moqueca.

— Mas você não sabe que baiacu é venenoso?

— É pra quem não sabe tratar. O veneno está aqui — mostrou ele, cutucando uma bolinha entre as vísceras. — Tirando isso, fica logo o melhor peixe do mar.

— Mas você não sabe que de vez em quando morre um depois de comer baiacu, às vezes famílias inteiras, e de gente acostumada a comer baiacu?

— É, eu sei. Agora mesmo, semana passada, morreram quatro de vez, no Alto de Santo Antônio, só sobrou um quinto, que ainda está passando mal no hospital. Eles comiam sempre baiacu, a velha fazia um escaldado com quiabo ótimo, eu mesmo comi lá várias vezes.

— E então? E ela não sabia dessa bolinha aí, não estava acostumada a tratar baiacu?

— Estava, estava. Mas ninguém está livre de uma distração, é ou não é? Uma distração assim... — e, ploft, outro filé no cesto.

— Cuiúba, deixe de ser doido, você pode morrer se comer esse negócio.

— Morro nada.

De volta ao Mercado, procurei apoio na autoridade de Sete Ratos, peixeiro antigo, diz o povo que hoje rico, da venda de peixe. Com certeza ele dissuadiria Cuiúba daquela ideia tresvariada de comer baiacu. Encontro Sete Ratos em pé diante de uma banca, com as mãos metidas numa gamela, tratando peixe. Já eram quase dez horas, passava da hora do almoço e era natural que ele estivesse ali preparando sua comida. Olhei para dentro da gamela, vi uns vinte baiacus miúdos.

— Sete Ratos, você vai comer baiacu?

— É o melhor peixe do mar!

— Mas essa desgraça é venenosa, você não sabe que é venenosa?

— Ah, é. Semana passada mesmo, morreram acho que quatro ou cinco, lá no Alto. Família acostumadinha a comer baiacu, nesse dia comeram... É o desacerto.

— Eu sei, Cuiúba me contou. E eu que vinha aqui justamente para lhe pedir que tirasse da cabeça dele a ideia de comer uns filés de baiacu que a gente pescou.

— Ele esfolou o peixe? Tirou a pele? Tirou justamente o que dá gosto na moqueca? Tirou de frouxidão, foi isso, tirou de frouxidão! Hem, Cuiúba, você tirou a pele porque acha que o veneno está na pele, hem? Deixe de ser frouxo, rapaz, isso tudo é conversa, o veneno nunca esteve na pele, se fosse assim eu já era defunto.

— Eu sei — falou Cuiúba. — Eu tirei porque gosto de filé de peixe, mas eu sei que o veneno está naquela bolinha da barriga.

— Que bolinha da barriga, rapaz, tem nada de bolinha de barriga, isso tudo é conversa, tem nada de bolinha na barriga. Isso aí a pessoa tira porque ninguém vai comer tripa de peixe, só francês ou senão americano. O negócio é na hora do cozimento, aí tem de cozinhar direito!

— E você vai mesmo comer essa baiacuzada, Sete Ratos?

— Ora, é o melhor peixe do mar!

Saí por ali, conversei com Turrico, que, além de garçom, é bom pescador. Ele também é muito chegado a uma moquequinha de baiacu. Mas não é veneno, Turrico? É, semana passada mesmo, no Alto... Mas só é veneno nos meses que não têm *r*, no mês que tem *r* pode comer sossegado.

— Mas Sete Ratos me disse que era no cozimento. E Cuiúba...

— Isso é tudo conversa, tudo conversa. Eu não deixei de comer baiacu nem depois que morreu uma parenta minha — uma não, duas, que eram velhas vitalinas e moravam juntas. Elas estavam acostumadas, faziam baiacu muito bem. Mas nesse dia...

— E então?

— É porque foi em julho. Julho não tem *r*. Ou tem?

Está certo, pensei eu sem entender nada, enquanto me dirigia à casa de meu amigo Zé de Honorina, para pegar um feijãozinho atendendo a amável e generoso convite. Comentei com ele minha perplexidade.

— Que coincidência! — disse ele alegremente. — Comadre Dagmar está aí justamente preparando uma moqueca de baiacu.

— Ah, desculpe, Zé, mas eu não como baiacu.

— Besteira sua, é o melhor peixe do mar. Agora, não se pode negar que é venenoso. Semana passada mesmo, no Alto...

— Eu soube, eu soube. E você vai comer assim mesmo?

— Claro que vou, mas não se preocupe, que eu mandei preparar uma garoupinha para você, separada.

Entre limões, mãos de coentro, pilhas de cebolas, alhos, malaguetas e tomates, Dagmar dava os últimos retoques na moqueca de baiacu. Aproximei-me, estava tudo muito cheiroso. Observei como aquela sua moqueca de baiacu era famosa, como Zé tinha confiança em comer aquele peixe venenoso quando era ela quem o preparava. Qual o segredo para tratar o baiacu?

— Ah, não sei — disse ela. — Eu mesma não como.

(30-10-83)

Dolores e Daniel

— Sou mais o malhadinho e boto quatro cervejas! Olha lá, olha lá, olha lá, boto é meia dúzia de cervejas no malhadinho!
— Qual é malhadinho, rapaz, essa é do policial! Essa quem leva é o policial!
— Vocês não entendem nada disso, aquele da orelha cotó já ganhou essa!
— Uma dúzia de cervejas no malhadinho! Uma dúzia contra você aí do policial e uma dúzia contra o da orelha cotó! Está certo, meia dúzia contra o policial e uma dúzia contra o da orelha cotó, fechado? Olha lá o malhadinho, olha lá! Estou com o malhadinho e não abro!

De que se tratava? Quem era aquele cavalheiro em trajes menores, gesticulando e apostando cervejas na praça da Quitanda aos berros? Quem eram o misterioso malhadinho, o policial e o orelha cotó, sobre cujos desempenhos se acumulavam tão vultosos investimentos? Não havia algo familiar nas feições daquele cavalheiro, já não o tínhamos visto em algum lugar, antes de ele desembarcar na aprazível ilha de Itaparica?

Sim, todos já o tínhamos visto antes. Mesmo no meio dos frequentadores do bar de Espanha e da lanchonete de Zé de Honorina, onde à primeira vista ele pareceria apenas outro dos cidadãos da terra, um exame mais detido de seu rosto — nos raros momentos em que parava de exortar o malhadinho à ação — revelava que ele era mesmo conhecido. Era o festejado e laureado ator, *metteur en scène* e — por que não dizê-lo? — homem de letras Daniel Filho, que nos honrava com sua visita, na condição de hóspede ilustre em nossa casa humilde. Viera a trabalho, entregava-se a um regime duro desde o primeiro dia: doze horas na praia e oito dormindo, mal sobrando quatro para a alimentação. Em casa, cheguei a ver alguns sinais de profunda fadiga em meu azafamado visitante, que às vezes não resistia e fazia queixas. Como quando precisou ler alguma coisa, levantou-se penosamente do sofá onde se reclinara e foi lá dentro.

— Assim não dá — suspirou ao voltar. — Tive que ir pessoalmente buscar os óculos! Não sei por quanto tempo ainda vou aguentar este batente.

Foi, portanto, com alegria que recebi sua decisão de interromper a exaustiva rotina e ir à praça. Normalmente, a gente aqui vai à praça para tomar uma cervejinha ou ficar em pé e cuspir de vez em quando. Os eventos de maior interesse são raros, mormente agora que o jogo de dominó de Bertinho Borba e Ioiô Saldanha passou para a banca de Aprígio, que fica ali logo antes do Hotel Icaraí. Mas, naquele dia, não. Naquele dia, Dolores Sierra causava grande comoção em todo o público presente na praça. A nossa Dolores Sierra não é a de Nelson Gonçalves, apesar de também viver à beira do cais. A nossa Dolores Sierra é até bem nutridinha, com o pelo lustroso e a aparência saudável, embora, lamentavelmente, seja "uma cachorra baixa", no dizer rude de meu amigo Broderique. (Broderique se chama na realidade Juvenal, mas o pai dele era admirador de Broderick Crawford e botou esse apelido nele desde pequeno.) Não sei se eu seria tão rigoroso como Broderique, mas não posso negar que Dolores Sierra, além de andar com ar permanentemente humilhado e tímido, não parece ser uma cadela de caráter firme e hábitos recomendáveis. Gosta muito de um lixozinho, por exemplo, e também chateia de casa em casa, ganindo por comida. Enfim, todo mundo conhece a Dolores Sierra, uma personalidade entre tantas outras na abundante cachorrada aqui da ilha.

Mas nesse dia Dolores chegou ao estrelato, ao centro de todas as atenções humanas e caninas. Porque, meus caros amigos, ela pode ser tudo o que dela dizem, mas seu *sex appeal* é inexcedível, portanto jamais visto em todas estas terras do Recôncavo. Quando Dolores está — como direi? — disposta, aparecem cachorros de tudo quanto é canto da ilha, é um verdadeiro festival, coisa de arromba mesmo. O cineasta e eu encontramos Sete Ratos na esquina.

— O negócio está animado aí, hem? — perguntei, depois que terminamos de atravessar um mar de cachorros em direção a Sete Ratos.

— Ah, é assim — respondeu ele. — Quando ela se resolve, eles ficam tudo doidjo–doidjo–doidjo, tudo doidjo!

— Diz que vem cachorro até de Feira de Santana, quando a notícia se espalha — acrescentou Luiz Cuiúba, provavelmente com um certo exagero. — Se duvidar até cachorro pernambucano tem aí!

A glória, contudo, traz seus percalços. Cercada pela multidão de apaixonados, Dolores era seguida em absolutamente todos os seus passos e movimentos, para onde quer que fosse, em qualquer hora do dia ou da noite. Talvez por isso estivesse um tanto confusa e incapaz de tomar uma decisão quanto a quem seria o felizardo eleito. A turma não dava uma folguinha, a situação dela era mais apertada do que a de ministro na hora da coletiva no aeroporto. Aí surgiam uns certos conflitos entre os pretendentes. O pretinho lãzudo mesmo, que inicialmente parecia um contendor de peso, tomou uma caquerada do policial que o deixou temporariamente capenga. Mesmo capenga, não desistiu, é claro, mas suas chances ficaram consideravelmente reduzidas, tanto assim que Garrido Petroleiro, que havia se precipitado e apostado nele no início, reconheceu a situação e foi logo pagar as cervejas.

O policial se afigurava concorrente fortíssimo. Assumiu a posição de honra no cortejo, trotando ao lado de Dolores em marcha sincronizada, atrás por uma cabeça. Mas não era muito brilhante, porque, apesar de bater em praticamente todos os outros, quase sucumbe à Trama Diabólica armada pelo malhadinho de Daniel, sob grandes aplausos e elogios deste último. O malhadinho se juntou a dois outros ("lá vão os dois otários, olha lá os dois otários", entusiasmou-se o cineasta), executou uma manobra perfeita e colocou os dois em atitude comprometedora bem nas barbas do policial, que imediatamente caiu de pau neles, enquanto o malhadinho procurava aproveitar-se discretamente da situação criada. Não deu certo mas quase dá, e ele imediatamente ficou com a cotação elevadíssima. E Daniel já tinha fechado duas apostas de dúzia, quatro de meia dúzia, nove de uma garrafa e uma de engradado, o malhadinho se ensaiava para repetir a Trama Diabólica, quando Dolores, certamente alimentando a ilusão de que conseguiria recolher-se para pensar, resolveu abandonar a praça, enveredando pela rua Direita abaixo, à frente de seu séquito em trote compassado. O cineasta indignou-se.

— Dolores! Volte aqui imediatamente! Trate de cumprir a sua obrigação! Irresponsável! Canalha! Barregã!

Mas não adiantou, porque a cachorrada sumiu, embora os comentários exaltados ainda fervilhassem por muito tempo. Daniel foi obrigado a cancelar algumas apostas e a reformular outras tantas. Não prestei muita atenção, mas julgo tê-lo ouvido acertar com Zé de Honorina qualquer coisa como "está certo, se eu pegar ela com o malhadinho, arranjo três testemunhas e venho buscar o pagamento".

O famoso visitante, para empobrecimento da nossa comunidade, já nos deixou. Deve estar aí no Rio, trabalhando à beira da piscina, em seu extenuante labor.

Esqueci de perguntar a ele o resultado da aposta. Aliás, minto, não esqueci propriamente, foi de propósito. Aconteceu que, na madrugada do dia seguinte a esse, acordei com uns barulhos. Fui ver o que era, a porta estava aberta, a noite clara deixava ver distintamente a figura do cineasta empoleirado no muro.

— Vai, Malhado, vai, Malhado! — vociferava ele para fora.

—Vai, Malhadão, vamo nessa!

Fui lá dentro ver se havia um cafezinho para requentar. Ao voltar, dei com ele cabisbaixo, a expressão magoada, o desalento em pessoa, à porta do quarto.

— Dolores acaba de me causar uma grande decepção — disse-me ele, a voz cortada de angústia. — Boa noite.

Foi por isso que eu não perguntei nada sobre a aposta. O bom amigo deve procurar não remexer nessas coisas.

(06-11-83)

NO PASARÁN!

Itaparica, não sei se vocês sabiam, é umas três vezes maior do que Granada. E já foi mais invadida do que Granada. Desde o século XV que portugueses, espanhóis, franceses, holandeses, ingleses e outras tribos exóticas acham de vir perturbar aqui, de forma que temos muita prática de invasão. Em 1647, por exemplo, os holandeses ficaram em nossa ilha praticamente o ano todo e chatearam bastante, embora, verdade seja dita, não tenham proferido tantas frases célebres quanto em Pernambuco. Mas queimavam engenhos, enforcavam gente, estragavam plantações, comportavam-se, enfim, de maneira muito deseducada. Foi por isso que, já com a paciência esgotada, nós corremos com eles daqui debaixo de tapa. Padre Vieira, que não suportava holandês e fazia cada sermão contra eles de estremecer as paredes, ajudou bastante e Santo Antônio, nessa época servindo na tropa portuguesa, também colaborou. Santo Antônio, inclusive, quando o negócio apertava para o nosso lado, descia pessoalmente para resolver a questão na base do cacete. No fim do ano de 1647, o almirante holandês, se não me falha a memória um tal de Van Schkoppe, saiu daqui às carreiras em direção ao Recife. Saiu com tanta pressa que deixou para trás mais da metade de seus soldados, circunstância que, no ver de muitos, é responsável pela nossa exuberante população de mulatas de olhos verdes.

O itaparicano é generoso, perdoa com facilidade. Mas, no caso dos holandeses, eles abusaram tanto que há gente aqui que ainda guarda um certo rancor. Finado Bambano mesmo, quando suspeitava que algum gringo era holandês, não vendia nada a ele, preferia fechar a quitanda. Não é a mesma coisa que os portugueses. Os portugueses a gente só xinga na festa do Sete de Janeiro, nossa data magna. É mais uma questão de tradição, tanto assim que, quando o cortejo cívico passa por Isaías do Balneário, que é português, o pessoal se abstém de gritar "abaixo o opressor lusitano!" e outros brados patrióticos. Isaías, aliás, é de confiança e até assina a lista de apoio à festa.

Já quanto aos franceses, a nossa situação é singular. Os franceses, até muito pouco tempo atrás, eram considerados aqui fracos de invasão. Deram uma invadidazinha na Bahia uma vez e mal passaram por Itaparica, onde, aliás, não foram bem recebidos. Então se Mitterrand anunciasse uma invasão aqui, a maior parte do pessoal ia morrer de rir. Tenho a certeza, por exemplo, de que Vavá Paparrão, que na outra encarnação combateu os holandeses, ia afirmar, não sem razão, que francês ele traçava com uma mão amarrada nas costas. Mas agora a situação mudou um pouco. Mudou muito, aliás. Agora os franceses invadiram pra valer mesmo e, ali para as bandas de Amoreiras, fundaram um estabelecimento destinado a atender às pessoas que apreciam permanecer confinadas nos *tropiques* éxotiques, com horários rígidos para as refeições e uma porção de não-pode-isso-não-pode-aquilo. É o que me dizem, eu mesmo nunca fui lá, nem pretendo ir, amo a liberdade. E, além disso, não me deixariam entrar, pois que nativo não entra. Não entra nem pela praia, que não podia ser particular mas é, fechadinha, fechadinha. Somos obrigados a reconhecer que, desta vez, a invasão francesa foi bem-feita. Isto, é claro, não significa que, se a pátria amada resolvesse concitar os itaparicanos a botar para fora os franceses, a gente não fosse lá uma bela manhã e resolvesse tudo ligeirinho (segundo consta, a francesada lá não é de briga, é de outras coisas), a tempo de voltar antes das onze para tomar umas cervejinhas da vitória na lanchonete de Zé de Honorina. Há, contudo, fortes indícios de que tal convocação não será jamais feita, eis que a gente vive lendo nos jornais as declarações dos homens do turismo sobre vender o Brasil, vender a Bahia, vender Minas Gerais e assim por diante. O raciocínio é inevitável: se os homens estão querendo vender até o Brasil todo, está na cara que já venderam Itaparica e não falaram nada com a gente. Aliás, aproveito esta tribuna pública para reivindicar a correção desse agravo: queremos a nossa parte em dinheiro. É bem verdade que deve ter sido uma venda esquisita, pois, espalhavam por aqui as más-línguas, o tal clube (cujo nome eu não digo não é por nada, não; é porque estou sem dicionário de francês aqui e nunca sei direito onde Mediterranée leva acento e se tem dois enes, só por isso), o tal clube, dizia eu, segundo as tais más-línguas, foi dispensado de pagar os impostos que todo mundo paga. Isso diz o povo — povo falador danado, este daqui. Bem, estamos invadidos, e logo por franceses, quem te viu, quem te vê, são as ironias da História.

Em matéria de ingleses também não temos muitas recordações. Um navio pirata ou outro, um corsário hoje outro amanhã, coisa normal, tratando-se de ingleses. Considerando o que eles andaram fazendo em outras partes aonde levaram a Civilização e a Cultura ao Terceiro Mundo (vide Bangladesh, por exemplo), até podemos considerar-nos afortunados. Deve ser que inglês não gosta nem de coco nem de caldo de marisco e, como temos pouco mais que isso a oferecer, eles não se deram ao trabalho de vir civilizar-nos e desfilar aqui de bermudões, meias até o joelho e capacete de cortiça. E, além disso, justiça seja feita, as louças de banheiro que eles vendiam à gente (um pouco a pulso, mas vendiam numa boa) eram de qualidade. E nunca mandaram a gente chamá-los de bwana.

Os espanhóis só apareceram mesmo no tempo de Felipe II, mas nesse tempo Portugal estava sob domínio espanhol e, portanto, não vale. De qualquer forma, eles não exterminaram índios nem destruíram culturas, como fizeram em outras partes. Não exterminaram índios porque os portugueses já tinham cuidado dessa matéria com desvelo. E não destruíram culturas porque não havia nenhuma para destruir, depois que os portugueses acabaram o serviço.

Quanto a americanos, ora na pauta dos debates da praça da Quitanda devido aos incidentes em Granada (quem vê as barbas do vizinho pegar fogo etc. etc.), não temos praticamente nenhuma experiência. É verdade que eles estão em toda parte, como aí, mas pelo menos a loja de Joaquim não se chama Quinca's, nem conheço nenhuma barraca do Mercado apelidada de *Lettuce's* ou *The Clam Chowder Place*. Havia os americanos do petróleo, antigamente, mas o pessoal até que gostava deles: quando eles iam comprar qualquer coisa, a rapaziada castigava direitinho no preço, americano tem de servir para essas coisas, todo mundo sabe disso, é o mínimo que eles podem fazer. Há também Americano, que já foi o bêbado da cidade, mas hoje está praticamente aposentado e com vários candidatos à sucessão enfileirados. E Americano não é nem americano, é daqui da Misericórdia mesmo e ninguém sabe por que o chamam de Americano, muito menos ele.

Entretanto, cabe tomar medidas acautelatórias. De repente o Medebê ganha aqui, os americanos se aborrecem, invadem para dizer que não tem nada desse negócio de Medebê no poder — e aí com que cara nós vamos ficar? O negócio é votar em quem os homens mandarem e ir fortalecendo as defesas. Ontem mesmo fui dar uma espiada na Fortaleza de São Lourenço. Os canhões estão lá. Um pouco antigos, coisa aí de 1800 e pouco, mas estão lá. Que os americanos não se enganem: não vão encontrar moleza em Itaparica. Só se eles vierem de bomba atômica. A sorte é que ninguém aqui é japonês.

(13-11-83)

A RAIZ DE MANDIOCA DA VIÚVA MONÇÃO

Todo mundo sabe que a terra aqui em Itaparica é fertilíssima, uma coisa que só vendo para acreditar. Bem verdade que costumava ser ainda mais fértil, mas isso era no tempo em que não havia televisão, de maneira que o pessoal contava histórias sobre proezas agrícolas e a coisa aumentava um pouco. Quase não temos mais bons mentirosos em Itaparica, a não ser do tipo desagradável existente em toda parte, o mentiroso político, o fariseu, essas personagens de rotina mesmo. Os outros, os bons, foram liquidados pela concorrência da tevê: hoje o pessoal fica em casa e, mentira por mentira, as dos comerciais do governo já satisfazem a quem quer dar umas risadinhas.

Lembro bem dos coentros de Lamartine. Isso foi no tempo em que Lamartine era rapazinho — e já estava velho quando o conheci, há mais de trinta e cinco anos, por aí vocês veem quanto tempo que não faz. Os coentros de Lamartine, ele exagerou na adubagem, foi isso. Naquele tempo, não se podia exagerar na adubagem, porque a terra ainda estava muito impetuosa, muito moça, quase virgem, negócio mesmo de o sujeito se arriscar a ver raiz crescer no dedo, se enfiasse o dedo nela um tempinho. Mas ele exagerou no Salitre do Chile Especial e foi o que se viu: cada pé de coentro que dava para um homem se esconder atrás. Coisa que, aliás, ele chegou a fazer, numa certa oportunidade. Estava fugindo de dona Naninha, então noiva dele, por causa de uma transgressão da mocidade qualquer, e aí se escondeu dela atrás do pé de coentro. E ela não viu nada, sendo bem possível que tivesse pensado que errara de caminho e, em vez de à horta do noivo, tivesse chegado a um bananal.

Esse Salitre do Chile Especial, por sinal, nunca mais ele usou, porque as plantas itaparicanas tratadas com ele eram um transtorno. Quem quer que já tenha tentado vender um molho de coentro com as folhas do tamanho de palhas de coqueiro compreenderá bem o problema de Lamartine. Se a natureza fez as folhas de coentro daquele tamaninho, é porque quis que elas fossem assim. Que fez então Lamartine? Pegou o resto do saco do salitre e jogou nos fundos de um quarto do quintal, cômodo abandonado que ele só usava para depositar umas tralhas velhas mesmo.

Mal lembrava ele que, neste nosso clima, as plantas muitas vezes crescem sem ajuda de ninguém. Há casos e mais casos de gente que enricou vendendo melancia do quintal sem nunca ter plantado melancia. Assim também são a abóbora, a flor que se chama boa-noite, a mamona, os capins e assim por diante. Pois muito bem, um belo dia Lamartine vai passando pelo quintal e nota que as paredes daquele quarto estão como que rachando, mostrando fendas para além do reboco. Que diabo seria aquilo?

A porta era dessas que abrem para dentro. Ele foi buscar a chave, girou-a, empurrou a porta e nada. Forçou com o ombro, deu pontapé e nada. Mandou chamar um caboclo forte que trabalhava com ele, o caboclo veio, meteu também o ombro na porta, a porta nada. Assim já era demais. Lamartine se aborreceu, mandou buscar um machado, tacou o machado no meio da porta. Uma machadada, duas machadadas, três machadadas e — zás! — sai uma lasca de madeira da porta, acompanhada de — adivinhem o quê?

— Exatamente. De uma talhada de abóbora. A desgraçada

da aboboreira que estava nascendo, toda encorucujadinha no canto do quarto, se cevou no adubo e aí deu uma abóbora que cresceu, cresceu, cresceu, até chegar àquele despropósito, quase destruindo o quarto todo e dando um prejuízo enorme.

Hoje em dia, não estamos mais como no tempo de Lamartine, mas a terra ainda é bastante fértil. E, felizmente, os praticantes da agricultura e do criatório, embora em pequeníssimo número, se comparado à pujança de outrora, de vez em quando nos surpreendem com novos feitos. Meu primo Zé de Neco mesmo, que não fuma, não bebe e só diz palavrão em último caso, pai de família apontado como exemplo em toda a cidade, merecia uma reportagem. Se o Nordeste não fosse discriminado, meu primo Zé de Neco teria uma bela reportagem. Uma não, duas pelo menos, pelo menos uns dois fantásticos da televisão. Como disse Armando de Lalá, num repentismo desses que vêm à cabeça dos poetas sem mais nem mais:

"Fica os fantásticos filmando americano
E ninguém mais não admira o itaparicano!"

Zé cria galo de briga e não poupa sacrifícios para o aprimoramento genético de seu plantel. Para que o galo de briga tenha os baixos instintos indispensáveis ao exercício de sua profissão, é necessário que venha de linhagens inaceitáveis em qualquer família decente. Como, por exemplo, ser raceado com urubu. Pois Zé vai atrás do urubu, pega o urubu e força o casamento com as galinhas de briga dele. Como também força casamentos com mutuns, gaviões, o que pintar — o que interessa é um galo bom. Objetarão os que acham isto impossível, pelas leis da biologia. Respondo que tentem objetar a Zé pessoalmente, para ver se, apesar de já estar chegando aos 60, ele ainda não é bom de capoeira. Ele não aprecia ser chamado de mentiroso.

Tanto assim que lhes passo como verdade verdadeira o conselho que ele deu a todo proprietário de jardim ou areazinha onde possa plantar. O conselho é o seguinte: arranje uma manaíba, enfie lá e esqueça. Manaíba é o nome dado a uma raiz de mandioca que se usa para reprodução, uma espécie de muda, ou semente.

— Mas pra que é que eu quero um pé de mandioca no quintal, Zé?

— O que é que eu falei? Eu disse "plante uma manaíba e esqueça". É pra esquecer.

— Mas, se é pra esquecer, pior ainda.

— É porque você não sabe do caso da Viúva Monção.

— A Viúva Monção?

— Você não conheceu, não foi de seu tempo aqui. Mas a Viúva Monção plantou uma manaíba de aipim na horta dela, esqueceu e, quando foi limpar o terreno, tirou uma macaxera de sessenta e quatro quilos!

— Como é que foi, Zé?

— Um aipim de sessenta e quatro quilos! Sessenta e quatro quilos! Agora, imagine isso aí, jardim por jardim, quintal por quintal. Não havia mais o problema da fome.

— Não sei não, Zé. Se tirassem a patente dessa manaíba da Viúva Monção, iam fundar a Mandiocabrás, criar o imposto sobre produtos da manaíba e exportar a manaíba toda.

— Isso é verdade. E, porque gringo não come aipim, iam acabar não deixando ninguém plantar aipim. Não, esqueça. Nunca houve esse aipim de sessenta e quatro quilos, da Viúva Monção.

— Mas você falou...

— Isso é porque a pessoa esquece que existe governo e aí vai fantasiando umas bobagens. Mas depois lembra que existe governo e aí lembra que uma mandioca dessas havia de ser ilegal, visto a falta de comida até hoje ter sido o programa de governo do governo.

— Zé — disse eu —, você devia ser ministro.

— Deus me livre — disse ele. — Eu sou contra a fome.

(10-06-84)

Um professor ensina amor em Itaparica

Modéstia à parte, aqui na ilha de Itaparica somos grandes amorosos, todo mundo sabe. Atribui-se isso a fatores diversos, cuja harmoniosa conjugação faz do itaparicano um irresistível conquistador e da itaparicana "uma fogosa e ubérrima potranca, cujo menear faceiro de ancas generosas leva à loucura", no feliz dizer do saudoso coronel meu avô. Uns dão maior importância aos humores afrodisíacos sabidamente abundantes nos mariscos; já outros enfatizam a qualidade da nossa água mineral natural, famosa responsável por inúmeros milagres que a moderna medicina não explica; outros, ainda, sublinham os nossos ares e a louçania das nossas praias, não esquecendo a reputada radioatividade que se evola de todos os pontos da ilha, trazendo como consequência extraordinária preguiça e inaudito exacerbamento da sensualidade própria do homem (e, graças a Deus, da mulher) tropical.

Não devo, talvez, exceder-me nos comentários, pois, afinal, trata-se de minha própria família e pode parecer quase louvor em boca própria. Mas é dever do jornalista expor toda a verdade sem rebuços e a verdade é que na minha família temos diversos expoentes. Aliás, na minha família do lado aqui da ilha quem não é expoente, como eu, é exceção. Causo desgosto e ceticismo entre os parentes mais chegados. Zé de Neco mesmo, meu primo por parte de meu tio-avô Neco, que diz o povo que teve para mais de setenta filhos, sacode a cabeça desalentado, quando é mais uma vez informado da minha monogamia.

— Mas nada, nada, nada? Nada na rua, nada vezes nada? — pergunta ele, incrédulo.
— Nada. Quer dizer...
— Quer dizer o quê? Hem, danado, diga aí!
— Bem, nada. Nada mesmo, é verdade — respondo envergonhadíssimo.
— Não acredito!
— Acredite, sim, pode crer. É verdade. Quer dizer...
— Quer dizer o quê? Conte logo, rapaz, você já deu o segundo "quer dizer" aí.
— Não, não é isso. O que eu queria dizer é que não é por uma questão de moralismo, eu, quer dizer...
— Quer dizer que você não é de nada, a verdade é dura mas tem que ser dita!
— É, suponho que você tem razão, eu não devo ser de nada mesmo, não. Ha-ha.
— Não deve ser, não! Não é! E ainda dá risada! Dona Madalena, sua professora, me disse que você sempre foi amalucado, mas eu pensava que era maluquice da inteligência, miolo amolecido por puxar demais pela cabeça. Agora eu estou vendo que a moleza aí é geral! Eu não acredito. Nada, nada, nada?

Apesar de eu ter uma certa prática em matéria de ser a vergonha da família, isso dói. Que haverá de errado comigo? Terei nascido num dia de radioatividade baixa? Serei um irrecuperável e inaceitável anormal? Não me conformei com o diagnóstico, saí do Mercado cabisbaixo. Fui consolar-me com outro Zé, o de Honorina. Peguei uma cervejinha, instalei-me com ele a uma mesa e comentei minha situação anômala. Que é que ele achava, eu seria mesmo um degenerado?

— Bobagem — respondeu ele. — É porque você não se interessa.

— Sim, mas...

— Aquela mocinha dali mesmo está olhando para você desde que você chegou. Aquela ali, sentadinha no banco.

— Aquela? Ela está olhando para mim?

— Está, está. Cada encarada que não sei como você não reparou, luz alta, pura mesmo.

— É mesmo? São as desgraçadas destas lentes varilux, os óculos escorregam e eu não enxergo nada. Sim, mas aí o que é que eu faço? Que faria meu tio Neco numa situação destas?

— Seu tio Neco ia lá.

— Ir lá? Mas eu não posso ir lá. Você está maluco, como é que eu vou lá? E, depois, eu não quero namorar a moça, não quero namorar ninguém, eu estava somente colocando uma questão teórica.

— Seu tio Neco era diferente de você...

— O que você quer dizer com isso, nesse tom irônico assim?

— Seu tio era outro tipo de homem e você não, você não é de nada nesse sentido.

— Eu não sou de nada? Outra vez?

— Outra vez, não sei, mas desta vez, sim. A moça está dando uma bola firme e você não tem coragem de ir lá conferir, pelo menos conferir.

— Não, de conferir eu tenho, de conferir eu tenho! Eu não vou lá porque não quero, não é porque não consigo.

— Isso é o que dizem muitos.

— Zé — disse eu, indignado —, eu vou mostrar a você que não devo nada a ninguém na família, você vai tomar um susto com a minha técnica.

Muito bem, a honra estava em jogo, eu tinha de ir lá. Tomei mais um golezinho de cerveja, levantei-me, fiz menção de caminhar, voltei, tomei outro gole de cerveja, marchei resoluto na direção da moça. Muito bem, como é que se faz isto? O olhar deve ser importante, caprichei no olhar. E não é que Zé tinha razão, a moça não parava de me encarar? Como seria bom se Zé de Neco me visse naquela hora! Parei a poucos passos da moça, imagino que sorri.

— Olá — disse eu. — Tudo bem?

— Puxa, professor — disse ela —, eu pensei que o senhor não fosse me reconhecer! Não faz tanto tempo assim que fui sua aluna!

— Ha-ha, pois é! Mas minha memória continua ótima, ha-ha.

De longe, vi Zé me acompanhando com um olhar de admiração. Bem, pensei, esta operação não tem de ser um fracasso total; pelo menos minha reputação com Zé eu safava. E safei. Voltei numa aura de glória, dei até um beijinho de despedida na minha queridíssima ex-aluna.

— Gostei de ver! — disse ele.

— Ora, não foi nada — disse eu. — Eu sou conhecido como o "professor do amor".

A moça foi saindo, acenou de longe:

— Tchau, professor!

— Louvado seja Deus! — disse Zé.

(02-09-84)

Arte e ciência de roubar galinha

A gente tem a tendência de pensar que só o que nós fazemos é difícil e complexo, cheio de sutilezas e complicações invisíveis aos olhos dos "leigos". Isto, naturalmente, é um engano que a vida desmascara a todo instante, como sabe quem quer que já tenha ouvido com atenção qualquer homem falar de seu trabalho, que sempre, por mais simples, envolve atividades e conhecimentos insuspeitados.

Assim é, por exemplo, roubar galinha. Tenho um amigo aqui na ilha que é ladrão de galinha. Chamemo-lo de Lelé, como naqueles relatos verídicos americanos em que se trocam os nomes para proteger inocentes. Só que, naturalmente, a nossa troca se faz para proteger um culpado, no caso o próprio Lelé. É bem verdade que todo mundo aqui sabe que ele rouba galinha, mas não fica bem botar no jornal, ele pode se ofender.

Pois Lelé me tem demonstrado com eloquência toda a arte e ciência de roubar galinha, que requerem longo, paciente e estoico aprendizado, além, é claro, de vocação e talento, pois sem estes de nada adianta o esforço. Roubar galinha é uma especialização da galinhologia geral, ramo do saber complicadíssimo, como verifico todos os dias, ao visitar o galinheiro de Zé de Honorina e ouvir as novidades do dia. Zé, que utiliza recursos psicológicos sofisticados para induzir as galinhas ao choco, calculou mal a lua, calculou mal os passes lá que ele faz — resultado: todo mundo choco no galinheiro, um có-có-có que ninguém aguenta e Ferrolho, o galo, indignado com a situação (eis que galinha choca não quer nada com a Hora do Brasil), chegando mesmo a agredir o próprio Zé.

— Não se ouse, não, que eu boto Camisa Dez em seu lugar — disse Zé, depois que Ferrolho tentou bicá-lo nas pernas. — Não pense que só porque é famoso eu não posso demiti-lo.

Ferrolho pareceu compreender, afastou-se, embora permanecesse nervoso, andando de um lado para o outro. A única das galinhas que não está choca é a velha Libertad (homenagem sincera de Zé à grande Libertad Lamarque), mas a velha Libertad, segundo Zé, que foi na juventude uma galinha da pá virada e sabe tudo de galinhagem, agora já entrou na menopausa, enjoou de galo que não suporta nem ver, acha todos uns chatos e cai de pau em quem se aproxima. Mas Zé a mantém no galinheiro para ensinar galinhagem às outras, passar experiência.

— Ela ensina tudo — explicou ele. — Ensina a ciscar, a chocar, a cantar (ela canta que é uma Dalva de Oliveira!), ensina tudo, só quem não tem boa vida com ela aí é Ferrolho.

Ferrolho ouviu, resmungou mal-humorado.

— Ele não deixa de ter razão — admitiu Zé, falando-me reservadamente. — É um galo acostumado no trabalho, um galo que não perdoa, não brinca em serviço. De repente se ver numa situação dessa, sozinho no cercado com essa velha chata, é duro, é duro.

Jogou uma mãozinha de milho para Ferrolho, tentou consolá-lo.

— Mentira minha, meu preto, eu não trago Camisa Dez para seu lugar, não, é brincadeira.

— Coooó! — respondeu Ferrolho, agradecido.

E razão tinha para sobressaltar-se ante a ameaça, porque Camisa Dez é um galo de briga que Zé trouxe para tirar raça com duas das galinhas de Ferrolho, que, naturalmente, não gostou e quis partir para a luta.

— Deixe de besteira, rapaz, você não sabe brigar, esse aqui é profissional.

Mas Ferrolho, forte e pai de família brioso, não acreditou. O resultado foi que, numa trágica manhã de segunda-feira, Zé e eu estávamos sentados na praça da Quitanda, resolvendo se íamos descansar em casa ou ali mesmo, quando compadre Bento chegou do galinheiro com a notícia:

— Deixaram a porta da gaiola aberta, Ferrolho entrou para tomar satisfação e Camisa Dez cobriu ele de cacete!

— Já matou? — perguntou Zé, que sempre me descreveu Camisa Dez como "gente ruim".

— Não, ia matar, mas eu tirei. Agora, não sei se ele vai aguentar, está lá se tremendo todo!

Aguentou, mas quase não aguenta e, com certeza, o trauma persiste, porque Camisa Dez bate firme, é bandido velho. Tudo isso considerado (sei que entro em digressões, peço desculpas, mas é a riqueza do tema), Zé resolveu que de fato precisava fazer alguma coisa para amenizar o triste estado de Ferrolho, até porque há quem sustente que, deixado assim desatendido, o galo vai ficando doido e pode até ter uma congestão, uma apoplexia, um acidente vascular cerebral — não se deve contrariar a natureza.

Entrou em cena então Lelé, que foi chamado por Zé para prestar uma assessoria, se bem que Zé achava que ele não entenderia de galinha choca.

— Chamei você, mas não estou confiando — disse Zé. — Ladrão de galinha não rouba galinha choca, galinha choca não serve para comer.

— Isso é o que você está pensando — disse Lelé. — Sou especialista em galinha choca, é ótima para ovos.

— Ô, e você também rouba ovo?

— Roubo não. Acho. Eu pego dessas galinhas que chocam no mato.

— Sim, mas é galinha de alguém, os ovos também são desse alguém.

— Quem manda deixar a galinha botar os ovos no mato?

— Deixe de contar mentira, Lelé, que ninguém consegue descobrir ninho de galinha que choca no mato.

— Eu descubro, eu tenho meu sistema, para isso tenho o meu estudo. Eu uso pimenta, é o melhor sistema.

— Pimenta?

— Pimenta, pimenta-malagueta. Eu fico tocaiando a galinha, vejo que ela está choca, saiu somente para comer uma besteirinha, aí eu pego ela, amasso uma pimenta e esfrego bem ali, bem esfregadinho.

— Ali onde?

— No como-é-o-nome dela, bem na responsabilidade mesmo. Aí, sabe o que acontece? Ela corre certeirinha para o ninho!

— Mas por que diabo ela corre?

— Minha teoria é que aquilo deve esquentar ela que é uma novidade e então ela pensa que está com um ovo ali nas bicas e corre para lá.

— Sim, mas aí você pega os ovos e deixa a galinha, galinha choca é magra, tem febre, ninguém come.

— Choca, choca, não. Só em caso de necessidade. Mas eu não deixo a galinha não, eu levo e corto o choco.

— É isso, é isso que eu quero. A galinhada toda aqui está choca e Ferrolho já anda perturbado porque já faz mais de uma semana que ele não se desincumbe.

— Ah, eu corto. Com cinco dias, eu corto qualquer choco. E com banhos de mar.

É com banhos de mar. Zé escolheu três galinhas e, sob estreita supervisão de Lelé, todos os dias elas iam dar um mergulho no mar, aqui na beira da rampa da praça da Quitanda. E não é que o choco vai passando mesmo?

Zé ficou tão satisfeito que acreditou em Lelé, passou a nem acompanhar a operação banho de mar. E foi assim que, passados os cinco dias, Lelé levou as galinhas de volta do último banho de mar e veio comunicar o sucesso do tratamento. Gratíssimo, Zé ofereceu pagamento, Lelé relutou, disse que fazia aquilo por amizade, acabou aceitando uma bobagenzinha.

— É só para comprar um vinagrezinho e uns temperos — disse, tocando na aba do chapéu para despedir-se e afastando-se com uma certa pressa.

Zé passou um momento pensativo, de repente levantou-se e bateu na testa.

— Mas já se viu? Eu caí, eu caí!

— Você o quê?

— Eu caí! Você viu como ele falou num vinagrinho e nuns temperos? Isso é galinha de molho pardo! Você viu como ele saiu ligeirinho? Vou conferir no galinheiro!

No galinheiro, encontrou Ferrolho satisfeitíssimo, conversando com as duas galinhas regressadas. Duas galinhas? Não eram três? Zé vasculhou o galinheiro todo, não encontrou a terceira. Encontrou, sim, quando chegou em casa, na mão de Dona Cremilda, sua dele santa esposa, uma terrinazinha de galinha ao molho pardo, que Lelé tinha mandado de presente, com um sentido bilhete que dizia: "Estimado amigo José: amizade é uma coisa, profissão é outra. Eu não podia ficar desmoralizado. Vai aí a galinha quase toda, só fiquei com o peito, o pescoço e a moela. Paz em Deus." Pensei que Zé ia ficar indignado, mas não ficou.

— Sempre admirei um bom profissional — disse com sabedoria. — A culpa foi minha, que esqueci que ele era ladrão de galinha. É o mau exemplo que o Brasil dá.

(21-10-84)

Este, na verdade, não é o título que eu queria dar

Acho que posso dizer que conheço jornal. Meu primeiro emprego foi num jornal. Estava sendo fundado o *Jornal da Bahia*, todo cheio de bossas novas (exceto a impressão, que era uma rotativa antediluviana marca Marinoni e aí a gente dizia que o jornal era impresso em três cores: preto, branco e borrado; uma vez o diretor se retou e proibiu fotografias no jornal, só podia clichê de traço), e então meu pai, democraticamente, entrou no meu quarto e me disse:
—Vá se vestir.
— Paletó, pai?
— Paletó.
Não perguntei mais nada, o velho nunca teve paciência com perguntadores e quem tem pai nordestino desde cedo aprende que é melhor não impacientar o pai. Saímos, ele me levou à redação do jornal, me apresentou e me empregou de repórter — e eis-me jornalista aos 17 anos de idade.
Aprendi na dureza, no tempo em que não havia estagiários nem diplomados e foca era tratado como foca mesmo, ninguém perdoava nada. Minha primeira matéria foi sobre as filas da cidade. Baiano não estava acostumado com esse negócio de repórter fazendo entrevista, a maioria estranhava e alguns, é claro, partiam para o discurso:
— Fora-me dado opinar com força de lei nessa grave questão de desorganização que campeia nas filas de coletivos de nossa metrópole — sim, pois que metrópole somos, posto que na província — fora-me dado, dizia eu...
Às vezes ficava difícil o orador parar e devo ter ouvido uns oito discursos nesse dia, pelo menos. Mas anotei o

que pude, fui para a redação, sentei, caprichei na letra para escrever a grande reportagem, entreguei-a orgulhosamente ao secretário, Inácio Alencar (Inácio "Marráio"). Ele olhou com desprezo para aquelas garatujas escritas a esferográfica, me encarou uns vinte segundos e perguntou, depois de suspirar fundamente:

— Meu filho, você ainda tem as notas que tomou para fazer a matéria?

— Tenho, sim senhor!

— Ah, que ótimo — disse ele, rasgando meticulosamente a matéria e enfiando tudo na cesta. — Volte e faça na máquina.

Na máquina? Fiquei com vontade de chorar. Nunca tinha escrito à máquina em minha vida, muito mal sabia que havia um botão para quando se quisesse escrever uma maiúscula. Sofri das duas da tarde até quase as oito da noite, consegui batucar pouco mais de duas laudas. Minha maior dificuldade era achar o *t*. Perdia sempre a localização dele e às vezes corria o teclado inteiro sem encontrá-lo. Nuns dez dias já estava batendo à máquina como faço hoje, com três dedos mas muito depressa, e não sei mais escrever nada à mão, mal consigo assinar o nome.

Desde então, por assim dizer, fiz carreira em jornalismo. Por ser pré-histórico, anterior à regulamentação da profissão, fui colhido por ela trabalhando em jornal e por isso ganhei registro, entrei para o sindicato etc. etc. Depois da reportagem das filas (Marráio disse que estava mais ou menos, jogou fora a última lauda, em que eu fazia inflamados comentários sobre a triste condição dos forçados a entrar em fila, mandou copidescar o resto para quinze linhas), me puseram no singular cargo de "repórter de porto e hotel". Ou seja, eu levantava o movimento do porto, às vezes fazia uma materiazinha com um navio qualquer e, de tardinha, ia para o único hotel de luxo da cidade, que era o Hotel da Bahia. Minha nomeação para o cargo foi porque eu já era metido a saber inglês nessa época e então toda noite estava no hotel, de capa e chapéu de gabardine, cigarro pendurado no canto da boca, ar meio entediado, igualzinho, achava eu, aos jornalistas e detetives dos filmes americanos. Era um péssimo repórter, porque não conseguia insistir quando o sujeito não queria falar e não conseguia ser bom repórter.

Mas acabei não saindo de jornal. Fui copidesque, fui chefe de reportagem (nunca mais, Deus me proteja), fui editor de suplemento literário (no tempo em que eles eram gordões), colunista de reclamações, astrólogo de plantão (redigindo os horóscopos quando não havia de onde recortar um velho), colunista de "atividades rotáricas", articulista, piadista, cronista, editorialista, crítico literário, redator-chefe — e mais coisas ainda, muitas das quais esqueci, pois mesmo a enumeração que fiz aqui me parece hoje louca e fantasiosa, embora seja a pura verdade.

Houve tempo em que eu morava no jornal e só aparecia em casa para tomar banho e mudar de roupa. Aprendi, por conseguinte, tudo o que podia ser aprendido sobre jornal, menos a diagramar — ou seja, medir as matérias, calcular que espaço ocuparão quando compostas tipograficamente e dispô-las na página. Sou cretino espacial-topográfico (me perco dentro de casa e até hoje não sei andar no Rio, a não ser em quatro ruas do Leblon e na Visconde de Pirajá) e padeço de ânsias quando confrontado com a necessidade de fazer uma divisão aritmética. Naquele tempo não havia dessas maquinetas de calcular nem as laudas eram padronizadas, era tudo na ponta do lápis, com o auxílio da famosa régua de paica (risadas jornalísticas aqui; piada para jornalistas — *inside joke*; pergunte a um jornalista amigo seu, que eu não posso dizer aqui qual é a piada).

Então diagramar sempre foi impossível para mim, o que me causava forte desgosto, por duas razões principais. Naquela época, todo mundo diagramava, cada qual aplicava suas bossas gráficas nas páginas que editava ou secretariava e eu dependia dos outros. Em segundo lugar, eu era foca de Misael, e Misael era da velha-guarda. Ficamos amigos, mas ele sempre me considerou foca, considera até hoje. Misael não alisava. Só diagramava o que ele queria, não adiantava insistir com outra coisa. Muitas vezes eu oferecia uma gravura para tapar um buraco numa das páginas do suplemento e ele sacudia a cabeça.

— Gravura aí eu não boto. Aí só um poema.

— Mas, Misael, porque não pode a gravura?

— Não pode. Não discuto com foca. Aí só um poema. Se não quiser, faça sua página.

— Mas eu não tenho nenhum poema!

— Se vire. O jornal é que não pode sair com esse buraco.

— Está certo, então eu faço o poema.

— Dezoito linhas de quarenta e duas batidas! — instruía ele com um riso sinistro e lá ia eu escrever o poema (eu assinava com o *nom de plume* José Luiz Ribeiro Netto). Portanto, respeito as necessidades da diagramação e do *layout* gráfico do jornal, sou um profissional calejado e disciplinadíssimo, longe de mim rebelar-me contra determinações superiores. Por exemplo, jamais de mim se ouviu um queixume contra a desumana antecedência, que faz com que eu esteja escrevendo esta crônica em dezembro do ano passado, ou qualquer coisa assim. Como também não me queixo da nova orientação desta página que tão generosamente me abriga. Nova orientação esta que impõe que os títulos deverão ter cinquenta batidas. Tudo bem, a cancha de copidesque até ajuda, mas tenho sofrido muito, estou ameaçado de stress. Outro dia, tive até um pesadelo horrível. Eu estava na redação aqui do jornal para falar com um dos meus chefes a respeito do problema do título e, ao entrar na sala, encontrei-o sentado de costas para a porta, numa poltrona giratória.

— Pode falar — disse ele, sem se voltar.

Estranhei a voz, mas falei, ponderando timidamente a questão do título.

— Não pode — interrompeu ele, ainda de costas. — E tem mais: a partir da próxima semana, o título vai ser de quatro linhas de vinte batidas!

— Mas...

— Não discuto com foca — disse ele, finalmente voltando-se, para que eu, arrepiado, pudesse ver que mais uma vez estava sob o comando do Misael, com o mesmo risinho sinistro dos velhos tempos.

(24-02-85)

Notícias de quirópteros, celenterados e poríferos

Aqui na mangueira mora uma família de morcegos. Não posso dizer que me agrada ver de vez em quando, lá em cima, penduradinhos ao melhor estilo morcegal, Mamãe Morcega e seus muitos morceguinhos. Não considero o morcego dos animais mais aconchegantes e, embora saiba que estes aí de cima são papa-frutas (roem as mangas, os desgraçados), inofensivos e tímidos, prefiro não me dar com eles, procuro ignorá-los — eles não me cumprimentam, nem eu a eles.

Meu excelente filho Bentão, contudo, não pensa da mesma forma. O inteligentíssimo petiz, ora contando três anos e meio de idade, continua a assombrar os circunstantes com a ousadia de suas pesquisas zoológicas e com as conquistas científicas que vem obtendo, tais como a do calango de dois rabos. Conta, naturalmente, com meu apoio e orientação, embora sofra os obstáculos criados a seu trabalho pela mãe e por outros obscurantistas que, infelizmente, sempre cerceiam os pioneiros.

Assim é que não me surpreendi quando, sentado à mesa de trabalho, fui arrancado da leitura de Tácito (juro a vocês, aqui na ilha, a gente se dá a esses luxos) por um grito daqueles tipo Hammer Films, dado por minha mulher. Mas que bobagem, o menino devia ter pegado outro calanguinho ou outra centopeiazinha e aí arrebentava aquele escândalo todo, por parte de uma mãe desnaturada e sem compreensão. Tirei os óculos com um suspiro, fui saindo para o quintal.

— Mulher — falei com energia —, que escândalo é esse, será possível? Só porque o menino está brincando com um calanguinho? Eu já lhe disse que...

— Saia da frente — gritou ela com os olhos arregalados, me empurrando para que eu deixasse a passagem livre e ela pudesse entrar.

— O que...

—Você sabe o que ele pegou? Você sabe o que é que está na mão dele lá fora? — perguntou ela sem fôlego, parando a dois passos de mim. —Você sabe?

— Um sapinho, uma jiazinha, um bichinho qualquer.

— Ele está com um morcego!

— Saia da frente você, eu quero entrar! Um morcego, você disse um morcego?

— Um morcego! E você fica aí dentro de casa, com essa cara? Faça alguma coisa, o filho é seu!

— O filho é nosso. Você quer insinuar que eu estou com medo?

— Insinuar, não, dizer mesmo.

— Isto é ridículo. Você se esquece de minha formação de biólogo, da minha reputação de zoólogo. Esse morcego aí é apenas um inofensivo quiróptero frugívoro ou insetívoro, é talvez até um animal útil. Além disso, qualquer um sabe que os morcegos não podem sair de dia, suas asas se desidratariam com o calor do sol. Aliás, você sabia que só existem duas espécies de morcegos hematófagos que vocês, ignorantes, chamam de vampiros? Por sinal, é curioso, na Europa Central, aliás em toda a Europa, não há morcegos hematófagos. Como você imagina que surgiu a lenda de Drácula? Curioso, não? Bem, esse morcego aí é inofensivo, como já disse, tudo bem, eu estava aqui lendo o Tácito, coisa muito importante, diga a ele que depois jogue o morcego fora, com licença.

— Eu não me mexo mais daqui, nunca mais saio daqui desta posição, enquanto você não for lá fora dar uma providência naquele morcego!

— Mas que bobagem, eu já não disse que o bicho é inofensivo?

— Aaaai! Eu tenho pavor de morcego! Eu nunca mais lhe dirijo a palavra! Vá lá ver o tamanho do morcegão que está lá!

— É um morcegão?

— Deste tamanho. Aaaai!

— Mulher, pare com isso, o que é que os vizinhos vão pensar?

— Que você está me batendo. Aaaaaai!

— Pare com isso.

— Vá dar um jeito no morcegão.

— Bem, eu vou, eu vou. E... Você não vem comigo?

— Claro que não. Como é, tem homem nesta casa ou não tem?

Pensei em responder que tinha e que era o Bentão, mas achei que papai mais uma vez se envergonharia de mim, fui em frente. Bentão estava agachado junto ao morcego, com ar de grande comiseração.

— O morcego está doente, papai — disse ele.

De fato, o morcego não me parecia em perfeito estado de saúde.

— É — falei. — Vamos arrastar ele para fora com um pedaço de pau, para ver se ele melhora.

— Ele melhora lá fora?

— Melhora, melhora. Todo morcego melhora lá fora.

— Mas antes vamos dar um leitinho para ele.

— Um leitinho? Não, um leitinho não, morcego não bebe leite.

— Você disse que bebe, você disse que ele bebe leite no peitinho da mãe dele.

— Eu disse? Sim, sim, mas isso é no peitinho da mãe dele, a mãe dele não está aqui agora.

— Cadê a mãe dele? Vamos chamar a mãe dele para cuidar dele?

— Hem? Não, não, a mãe dele mora longe, ele já é grande, a casa da mãe dele é longe daqui.

— Então ele já bebe leite no copo? Eu vou buscar um copo de leite pra ele!

— Não, não!

— Então eu trago na mamadeira da Chica!

— Não, não! Vamos para a praia, hem? Que tal a praia, hem?

— E o morceguinho vai com a gente?

— Morcego não gosta de praia, você já viu morcego na praia?

Muito tempo mais tarde, havendo convencido Bentão de que Seu David era médico de morcego e convencido Seu David a levar o morcego dali, pude finalmente voltar ao convívio de Tácito, enquanto Bentão ia à praia com uma família vizinha e a mãe dele ia lá para a cozinha, para o *dolce far niente* de que desfrutam as donas de casa. E já corriam as horas despercebidas, na luz da bela manhã de verão, quando novos gritos soam no quintal.

— Então não vou deixar o morcego sozinho!

— O que foi, mulher? — perguntei, vendo-a de pé, rígida, junto ao coqueiro, apontando para um ponto perto das raízes.

— Olhe o que seu filho trouxe da praia!

No chão estava uma massa que parecia os restos mortais da Bolha Assassina, misturados com picadinho do Godzilla e porcariadas diversas.

— Que besteira, mulher — disse eu, a distância. — Isso são poríferos, celenterados, algas, coisas normais, inofensivas.

— Tire isso daí, ou os vizinhos vão pensar que você está me batendo outra vez.

— Que bobagem, não precisa tirar nada, pode deixar aí.

— Aaaaai! — fez ela. — Aaaai!

— Que foi? — disse justamente um vizinho, que passava pelo portão.

— É papai que está batendo em mamãe — explicou Bentão. — Você viu meu morcego?

(10-03-85)

A SOSSEGADA CONVIVÊNCIA COM A DOCE MÃE NATUREZA

Temos tido alguns problemas ecológicos graves. A bicharada da casa e do quintal mudou bastante. O camundongo que assustava minha mulher (a mim ele não assustava, não tenho medo de nada, sou macho criado na melhor tradição de machidão, que é a sergipana; eu apenas me retirava correndo da sala, quando o camundongo aparecia, para não estar presente a uma deplorável cena de descabida histeria) e que meu filho Bento chamava de Mickey sumiu. Nosso calango, que tinha dois rabos e morava embaixo do sofá, também nunca mais pintou. O besourão bicudo que se finge de morto quando a gente chega perto dele continua levando sua vida recatada e um pouco misteriosa. Segundo Bentão, ele é casado, tem besoura e filhos, mas, como Bentão outro dia me contou uma conversa que teve com um tubarão na praia (o tubarão disse que só não o comeu porque tinha comido uma baleia fazia pouco tempo), achei melhor aguardar evidências concretas, antes de acreditar que Bóris — que é o nome do besouro — esteja mantendo sua família na casa clandestinamente. De qualquer forma, ele não incomoda, raramente aparece, não é dado a efusões e, se não fosse a malandragem de rolar e fingir de morto, dir-se-ia que, no seu traje preto e maneiras compostas, ele é uma espécie de padre ou rabino ortodoxo de uma congregação besoural.

A situação, assim, parece calma. Mas não é. Os morcegos, que nem ao menos têm a desculpa de a mangueira estar dando, porque não está mais, andam abusando um pouco. A mangueira daqui de casa é um pouco exibida, gosta de aparecer, de maneira que dá duas safras descomunais (quatrocentas mangas em cada, mais ou menos — todo mundo aqui enjoa de manga e os amigos me evitam, para não ganhar mais mangas de presente) por ano, em épocas que nem passariam pela cabeça de uma mangueira normal. Assim, já devíamos estar livres dos morcegos a esta altura, porque eles são meio ciganos, vão morar sempre perto da comida. Mas desta vez Baldomero, o morcegão, e Rosa Antônia, a morcegona parideira, parece que se cansaram dessa vida errante e resolveram fixar raízes, criar um lar permanente. Tudo bem, longe de mim querer agravar o problema habitacional ou desagregar a família — não sou comunista. Mas acontece que uma coisa puxa outra. Os meninos, embora crescidinhos, parecem não querer deixar a casa dos pais — tudo indica que Rosa Antônia é meio supermãe. E Baldomero, que é meio folgado, não deixa de ampliar a família: Rosa Antônia está de ninhada nova. Além disso, recebem visitas, fazem reuniões e Baldomero se ousa com quem está sentado nas cadeiras debaixo da mangueira à noite, dá rasantes, faz piruetas e solta uns guinchos desafinados que certamente julga serem uma serenata. Zé de Honorina, que não tem paciência com morcego, me aconselhou o único santo remédio indicado: pendurar folhas de cansanção, desses brabos que nem fazendo xixi em cima a coceira passa, nos galhos da mangueira. O morcego roça a asa no cansanção e nunca mais aparece. Tenho resistido a essa medida autoritária, contrária ao espírito da Nova República, mas, se Baldomero não se mancar e a filharada não se mandar, acho que vou de cansanção — afinal, podemos estar na Nova República, mas o presidente é o escritor José Sarney e, como ele é da Velha República, não custa aproveitar.

No jardim, a situação também é séria e, o que é pior, por culpa minha. Resolvi plantar, junto de uma absurda estátua, cuja origem ninguém da família lembra, intitulada "Verão" embora de aparência feminina e frágil, uma árvore que nem tem nome popular no Brasil. Li não sei onde que essa tal árvore é uma verdadeira maravilha, cresce em qualquer lugar, resiste a tudo e serve para tudo, inclusive para lenha, porque, se for cortada no tronco, cresce de novo *ad infinitum*. Chama-se *Leucena leucocephala* e está sendo usada por alguns plantadores de cacau para fazer sombra aos cacaueiros, pois cacaueiro não gosta de sol. Foi assim que consegui umas sementes, que me foram dadas por um compadre meu, um rico milionário cacauicultor paulista chamado Alberto Maluf (*no kin*).

Pois bem, o raio de árvore é ninfomaníaca e tem um metabolismo tipo Fórmula Um. Mal acaba de florar uma vez, começa a florar de novo. Não tem nenhum senso de decência. Faz brotos novos, produz vagens e sementes, produz flores e solta folhas velhas simultaneamente, num furor quase visível, coisa impensável entre plantas, pois se existem entes discretos e recatados, estes são as plantas, apesar de certas mangueiras e, indiscutivelmente, algumas bromélias e girassóis. Não me importaria com esse desregramento, não fosse o fato de que, em primeiro lugar, esse estado de coisas não dá uma boa reputação a meu jardim, envergonha os crótons e caládios e choca os mimos-do--céu. Em segundo lugar, como se sabe, as plantas fazem amor (no caso da leucena, apesar de dono, sou obrigado a reconhecer, eis que a verdade é o primeiro mandamento do jornalista: ela não faz amor, faz sexo mesmo e vive no mais descarado nu frontal) através de um complexo e sutil mecanismo, que abrange intrincadas relações diplomáticas entre os dois reinos vivos da natureza, o vegetal e o animal. É uma coisa complicadíssima, envolvendo abelhas, vespas, mamangavas, beija-flores, lagartas, ventos complexos, tudo o que se possa imaginar. A vida sexual até do capinzinho que cresce entre as frinchas do calçamento daria um romance. No caso da leucena, o esquema é de abelhas, marimbondos e mamangavas — cada mamangava criada com Toddy que só vendo, umas verdadeiras B-29 daquelas dos filmes em que os americanos ganhavam a guerra dando risada e distribuindo chocolate ao inimigo. Resultado: de manhã cedo, só falta a gente ouvir "Tora, tora, tora!" no jardim. O sujeito que botar uma mamangava dessas dentro de uma caixinha furada toma conta do mercado de ventiladores. Com três delas e um pouco de jeito para trabalhos manuais, constrói um ultraleve potente e econômico. Contudo, para aqueles que saem ao jardim de manhã, o clima é assustador, não só pelas implicações morais (afinal, a leucena está sempre — como direi? — transando), como pelo fato de que não se deve facilitar com vespas, marimbondos, mamangavas, abelhas e similares.

Finalmente, há o Calango Novo, que no início era conhecido por esse nome, mas agora atende por Hulk. Está em observação, porque é tido como mestiço de jacaré, e minha mulher, quando o viu, resolveu que não é mestiço, é jacaré puro mesmo. Quis telefonar para o IBDF (ela assiste ao Globo Rural e, toda vez que vê um bicho, quer telefonar para o IBDF), porque acha que o jacaré vai crescer e comer todo mundo na casa. Bentão ficou impressionadíssimo, inclusive porque já estava fazendo amizade com o Hulk. Mas a mãe disse que o Hulk ia comer todo mundo e Bentão, que não leva seu ecologismo a extremos insensatos, reagiu à altura das tradições da família. Ouviu a advertência maternal muito sério, ficou sentado junto da mangueira um tempão (Hulk também mora na mangueira, é uma verdadeira Babel, essa mangueira), acabou me aparecendo pálido, com um pedaço de pau na mão.

— Que foi, Bentão?

— Foi o Hulk! Eu quase peguei ele!

— Pegar o Hulk! Mas para que você quer pegar o Hulk?

— Ele quer comer a gente, mas antes a gente come ele!

— Come ele? Não, por que a gente vai comer o Hulk? Não, não, nada disso.

—Você não disse que os bichos comem uns os outros?

— Disse, disse, bem, disse, é verdade.

— Então o Hulk quer comer a gente, mas a gente antes come ele, não é melhor?

— Bem, é, é. É melhor, sim. Mas você não conseguiu pegar o Hulk, não foi? Então a gente não pode comer o Hulk agora, não é?

— Não, não pode. Mas um dia a gente pega ele e come ele para ele não comer a gente, não é?

— Claro! Um dia a gente pega ele e come ele, pode deixar!

— Ele todo, todo, todinho?

— Todo, todinho.

— Então vamos logo comer o rabo dele? — disse Bentão, exibindo a cauda do infortunado lacertílio. — Eu não peguei ele todo, mas peguei o rabo. Posso dizer a mamãe que bote na moqueca?

(24-03-85)

A Igreja Católica Apostólica Americana

Padre Quintino, pároco da Denodada Vila de Itaparica, pessoa grave e circunspecta como convém a seu ofício, anda vestido de padre mesmo. Hoje em dia a gente só vê padre de camisa esporte ou bermuda e, para o sujeito que foi criado no tempo de padre tonsurado e de batina, fica difícil a adaptação. Quando aparece um padre desses, a gente tem que apelar forte para a racionalidade e vencer a certeza emocional de que aquele camarada com pinta de galã de cinema mexicano não é padre. Chamar de "reverendo", então, é uma dificuldade: reverendo tem que estar de batina. Mas eu chamo, procuro não ficar velho, adaptar-me aos novos tempos.

Padre Quintino, contudo, é um consolo, porque é padre mesmo, no duro, desses de confiança, que não aparecem sem o colarinho clerical e muito menos de sunguinha na praia do Jardim — um reverendo indiscutível. E não se diga que é porque é padreco do interior, pois ele é cosmopolita. Sim, senhor, só Itaparica para ter dessas coisas: porque padre Quintino é americano, americano legítimo, nascido nos Estados Unidos, com passaporte e tudo. Entretanto, não fala inglês, a não ser um ou outro "*how are you?*", assim mesmo com um sotaque italiano carregadíssimo. Sim, porque a língua dele mesmo é italiano e quem o ouve falando português pensa que está num piquenique no Ibirapuera. Não tem nada de americano, é italiano mesmo. São coisas da nossa ilha, sempre fomos originais em tudo.

Na verdade, não tenho nem o direito de me meter nesses assuntos, porque sou mau católico, um péssimo católico, aliás. Nem sei mesmo se posso ser considerado católico, ainda que péssimo, pois tenho dificuldades em aceitar o magistério da Igreja — faço força, mas é difícil. E tampouco vou à missa (padre Quintino, que batizou minha filha Chica e me considera um homem de grande fé — eu chorei no batizado, vejam que coisa ridícula — sempre me convida, mas eu não vou), comungo ou cumpro qualquer das obrigações que me caberiam como católico. Mas, afinal, fui criado como católico, batizado, crismado, comungado e jamais vou poder desvencilhar-me da herança afetiva e cultural que me veio com a formação religiosa católica. Quer eu queira quer não, apesar de meio herege, não posso deixar de me sentir vinculado ao catolicismo.

É por isso que tomo a ousadia de dar penada num assunto que me preocupa. É um problema com os americanos. Americano é danado, como sabemos, e, por conseguinte, faz medo o que muitos deles querem da Igreja, ou seja, transformá-la numa espécie de clube democrático. Todo dia a gente lê uma novidade no jornal, uma tal crise nas hostes católicas, às vezes porque mulheres querem rezar missa, homossexuais querem casar na igreja, feministas querem que a Igreja aprove o aborto, padres querem casar e suas mulheres usar a pílula e assim por diante.

Está certo, todo mundo tem o direito de reivindicar o que considera justo, mas o negócio está exagerado. Para começar, religião não é democracia, nunca foi nem pode ser democracia. Deus não foi eleito e quem acredita nele dentro de uma estrutura doutrinária, como a da Igreja e do cristianismo em geral, tem de acreditar sem discutir — discutir é outra transação. Nem a Igreja — cujo Estado-sede é uma monarquia — é democrática, nem é assim que funciona. No dia em que os dogmas da Igreja puderem ser alterados como numa convenção do Partido Republicano, elaborando-se uma plataforma "por vontade da maioria", então não é Igreja: é clube.

Malissimamente comparando, isso me lembra um fenômeno causado pelo turismo na Bahia. O camarada queria voltar para sua terra e contar que comeu uma tremenda moqueca de lambreta (marisco que dá muito aqui, cujo nome antigo era sernambi, mas virou lambreta não sei por quê) no mercado Modelo, regada a legítima cachacinha do Recôncavo. No entanto, quando via a moqueca, achava sua aparência feia e seu conteúdo pesado; quando bebia a cachaça, achava-a grosseira e forte demais; quando escutava a barulheira do Mercado, achava que não podia comer sossegado. Então, para essa gente que quer comer moqueca mas não gosta de moqueca, passou-se a fazer "moqueca" sem azeite de dendê e, possivelmente, moqueca de lambreta sem lambreta. As cachaças, para quem quer dizer que tomou cachaça, mas não gosta de cachaça, também passaram a ser umas garapas adocicadas e horrendas. E assim por diante, numa maluquice difícil de conter.

Agora essa turma quer ser católica sem ser católica. Fico imaginando um sujeito que nunca tivesse ouvido falar de religião alguma e resolvesse escolher uma.

— E esta aqui? — perguntaria ele a seu orientador.

— Ah, esta aqui é muito boa, muito tradicional, muito antiga, é uma boa opção.

— Ah, é? Então como é que é ela? Dê uma dica aí.

— Bem é uma religião organizada em torno da autoridade hierárquica e doutrinal da Igreja Católica Apostólica Romana, sob o comando do papa, que é infalível em questões de dogma. Não admite o controle da natalidade por qualquer contraceptivo, seus sacerdotes não casam, suas monjas também não, é contra o aborto, não admite o divórcio, obriga ao comparecimento à missa etc. etc.

— Ah, ah, muito bem, eu quero essa. Quero ser católico, achei bonito. Quero até ser sacerdote. Agora, sem essa de não casar, isso não tá com nada. E por que não pode a pílula? O aborto em certos casos tem de ser admitido também. E essa besteira de não poder divórcio? E blá-blá-blá...

Ora, com tantas religiões por aí que podem abrigar todas ou a maior parte dessas convicções, por que é que ele quer ser católico? Religião não é feita de encomenda, pela ordem do freguês; religião é religião — é assim e está acabado. Como é que fica mudando o tempo todo? Se o sujeito quer fazer "certos abortos" e não pecar, procure uma religião que admita esses certos abortos, com a consequência de que ele deixa de se sentir pecador. Agora, o que não pode é sair mudando tudo — que avacalhação é essa? Padre não pode casar e está acabado. Pastor protestante pode. Logo, padre casado não é padre, é uma espécie de pastor protestante, com seu ramo particular e individual de protestantismo. Fico imaginando um judeu "inovador" que insista em servir presunto, bacon e linguiça de porco numa festa ortodoxa. Judeu ortodoxo não pode comer carne de porco e está acabado, assim como muçulmano não pode beber álcool e está acabado, assim como protestante não reza para santos e está acabado. Protestante que quer venerar santos e ter imagens em casa é mais católico do que protestante — e por aí vai.

Mas eu tenho medo deles, eles são danados mesmo e não acho impossível que, daqui a pouco, estejam propondo — e conseguindo — realizar o *impeachment* do papa. Só o sujeito se benzendo. Acho até que hoje eu vou dar um susto em padre Quintino e aparecer lá na missa — enquanto ainda tem missa.

(31-03-85)

O QUÊ? VOCÊS NÃO TÊM UM CÁGADO EM CASA?

Foi Luiz Cuiúba quem me chamou a atenção para as virtudes do cágado. Estávamos conversando na praça a respeito de operações de hérnia (ele se entusiasmou com a primeira, me disse que ficou viciadinho, agora quer fazer para as outras duas hérnias) e ele me disse que agradecia sua boa saúde e resistência a seu cágado. Se o Dr. Tancredo tivesse um cágado, nada daquilo haveria acontecido, não sabia como um homem daqueles não tinha um cágado — tinha que ter um no palácio, ali na sala de trabalho dele e, se possível, outro em casa, até mais de dois, quanto mais melhor. Era ou não era?

— Cágado? Como, cágado? Cágado, cágado mesmo?

— Cágado, cágado, cágado! Tem alguma outra coisa que se chame cágado e não seja cágado? Às vezes eu olho assim para você e acho que o estudo demais abestalha um pouco. Quantos livros você já leu?

— Ah, não sei, perdi a conta.

— Perdeu a conta? O que é que você está me dizendo? Tá falando sério?

— Claro, Luiz, isto não é nada demais. Tem muita gente que leu muito mais.

— Não acredito. Então é por isso que você não entendeu o negócio de cágado. A pessoa estuda demais nos livros e aí não tem tempo de aprender as coisas.

— Bem...

— É isso mesmo. Você, com mulher e dois meninos em casa, não tem um cágado? Se não fosse você mesmo que está me dizendo, eu não acreditava. Seu pai e seu avô não, sempre tiveram um cágado em casa. Eu mesmo me lembro do de seu avô, se chamava Aquiles, um belo cágado, de muita confiança. Você não se lembra?

— É, me lembro. Um cágado enorme, com umas bolotas no casco.

— Pois é, seu pai e seu avô também estudaram, mas não perderam a razão da realidade. Você perdeu a razão da realidade, venho notando que não sabe mais nem pescar.

— Como não sei pescar? Não tenho culpa se seus pesqueiros não dão peixe. Eu...

— Bote um cágado em casa, rapaz, se oriente! Aquele cágado de seu avô tinha para mais de quatrocentos anos, cágado ótimo. Mas você pode arranjar um cágado novo, não faz muita diferença. O melhor é o cágado vermelho, da cabeça e das patas pintadinhas de vermelho, que não morde e é o mais verdadeiro mesmo, da cabeça preta também quebra o galho, mas não é cem por cento.

— Cuiúba, vá devagar, eu não estou entendendo nada.

— Viu o que estou lhe dizendo? Qualquer um entendia o que eu falei e você, um homem desses, que diz que é escritor, não entende. Que é que você quer que eu explique?

— Vamos por partes. Você disse que o Aquiles tinha quatrocentos anos. Como é que você sabe?

— O cágado não morre, a não ser de morte matada. Não há caso de cágado morto de morte morrida. Mostre aí na ciência um caso de cágado morto de morte morrida, não há caso, ninguém nunca viu.

— Se fosse assim, o Aquiles devia ainda estar por aí.

— E não está? Depois que seu avô morreu, ele deve ter ido para outra casa, é que muita gente não gosta de falar sobre seu cágado.

— Está certo, mas por que que eu tenho de ter um cágado em casa?

— Todo mundo sabe que o cágado protege o homem. Só não protege o mau-olhado, mas, se o olhado for para dar doença, ele não deixa a doença pegar, o cágado chupa qualquer doença da casa e, como doença nenhuma faz mal a ele, a doença fica por ali com cara de besta, sem conseguir pegar ninguém. E, de qualquer forma, para o olhado você planta um pé de pinhão roxo na porta e... Vai me dizer também que não tem um pinhão-roxo em sua casa?

— Tenho, tenho.

— Ah, bem, então só falta o cágado. Ainda mais com duas crianças na casa. Criança vive pegando gripe, dor de garganta, dor de barriga, dor de ouvido, dor disso e daquilo. Essas doencinhas, então, o cágado tira de letra. Principalmente se você não acostumar ele mal, deixando comer demais. Aliás, o melhor é não dar comida a ele.

— Como assim, aí o bicho morre de fome.

— O cágado se vira sozinho no quintal. Mas, se você quiser, assim de dois em dois dias pode dar um quiabinho, uma alfacinha, um tomatinho a ele, mas nada de exagero, não é da natureza do bicho a comilança. E água, nem pensar, mesmo que você dê, ele não bebe. Só bebe água de chuva e, assim mesmo, de anos em anos, uma lambidinha só. Se nunca chover, ele nunca bebe água, ele nunca muda de ideia. Se você viajar e largar ele dentro de casa, ele nem liga para a falta de comida, se encolhe ali e espera você voltar e se, quando você voltar, ainda demorar de dar comida a ele, ele não reclama, fica esperando ali com a maior calma. É o melhor bicho do mundo para ter. O cágado que você der a seu filho pode acompanhar ele para a casa dele quando ele casar, pode acompanhar o filho dele, o filho do filho e assim por diante, até a pessoa querer. É o melhor bicho do mundo para ter e o bicho que todo mundo tem que ter em casa.

Fiquei impressionado. Cheguei em casa, contei tudo à mulher, comuniquei que providenciaria imediatamente um cágado, embora não soubesse como.

— Se é contra dor de ouvido nos meninos, aceito até um elefante — disse ela. — Eu gostaria de dormir pelo menos uma noite por ano.

Telefonei para meu pai, ele certamente me daria alguma ajuda, afinal, como Cuiúba havia antecipado, ele de fato tinha em casa não só um cágado, mas uns seis ou sete, num cercadinho do quintal.

—Você não tem um cágado em casa? — gritou ele, assim que eu comecei a falar. — Eu nunca soube disso! Quer dizer que os meninos estão sem cágado? Isto é uma irresponsabilidade!

— Mas, meu pai, eu não sabia.

— Ignorante! Todo mundo sabe disso, não sei onde você tem vivido, assim sem saber das coisas mais elementares. Envie um portador imediatamente, vou mandar um cágado para meus netos, é preciso corrigir essa sua irresponsabilidade!

Vavá Paparrão, bondosamente, foi a Salvador buscar o cágado. Voltou já de noite. Não é um cágado, é uma cágada, muito engraçadinha, carinha rosada, patinhas pintadas de encarnado, maneiras gentis. Jovem, muito jovem, não deverá ter mais de 50 ou 60 anos — imagino que Cuiúba diria. Ficamos encantados, Bentão deu vários beijos no casco dela, decidiu que o nome dela era Lili, comunicou que tinha ficado bom da dor de garganta. Lili, como se vê, é uma cágada de efeito rápido e agora, numa casa esplendorosamente sadia, já tem seu cantinho favorito e fez amizade em toda a vizinhança. Não sei como vocês não têm um cágado em casa, a ignorância de vocês é um espanto.

(14-04-85)

Outras retumbantes glórias atléticas

Surpreendi-me com as reações de incredulidade à recente narrativa de alguns episódios de minha vida de craque do passado. O velho Pedro Nava tinha razão: o sentimento mais comum do ser humano é a má vontade. Qualquer descrente pode investigar, eu mato a cobra e mostro o pau, forneço as fontes a quem quiser. Procurem, no aprazível bairro do Rio Vermelho, os residentes mais antigos e perguntem-lhes por Delegado, o becão que fez época e escola no Flamenguinho. Faça o mesmo em Itaparica, perguntem quem tripulava a zaga imbatível do time da ilha contra os veranistas, ao lado do legendário Chico Gordo. Perguntem quem era o único que marcava Cremildo e Chupeta, no tempo em que Cremildo e Chupeta desmoralizavam o time do Bahia, que vinha fazer concentração aqui na ilha. Bem verdade que eu jogava areia na cara do Chupeta e contava com a cobertura um tanto brusca de meu compadre Edinho, rapaz assim de suas oito arrobas e dois metros de altura que, com um carrinho, cansou de arremessar Chupeta até por cima do travessão. Mas também não tinha outro jeito de marcar Chupeta, só se fosse laçando.

Quando eu pendurei as chuteiras, a torcida do São Lourenço me carregou em seus braços antes de eu completar a volta olímpica, ali no campo da jaqueira, perto do Grande Hotel. Há maledicentes que insinuam até hoje que me carregaram porque eu preguei na metade da volta e caí por cima de Chico Gordo, que já estava caído, e aí formou-se aquele bolo e carregaram a gente. De fato, eu tinha enfrentado um desafio extenuante, representado pelo ponta-esquerda deles, um crioulo de pernas de girafa e canelas de titânio que atendia pelo cognome de Asa Branca. Asa Branca recebia uns lançamentos lá do ralfe deles, matava a bola no joelho, dava um pique para a frente e desaparecia. Ficava difícil acompanhar, ainda mais eu em fim de carreira, experiente mas sem o vigor da flor da idade. A experiência, afinal, acabou por me valer e desisti de acompanhar Asa Branca. Ficava ali pelo bico da grande área, esperando que ele chegasse e, quando ele fechava na minha direção, eu me abaixava e ele embaraçava as pernas em mim. Não resultou numa marcação elegante, mas funcionou, ele só conseguiu fazer três gols e assim mesmo um em flagrante posição irregular (sentado na minha cabeça). Quanto a Chico Gordo, não lhe deram este apelido por ele ser uma sílfide, mas por de fato pesar mais do que dois baleotes ainda na mama. Então ele sempre desabava, geralmente no campo mesmo — imaginem tendo ainda de fazer a volta olímpica. E de fato eu tropecei nele, caí e tive uma certa dificuldade em me levantar. Mas mentem aqueles que dizem que eu apaguei de cansado, assim como mentem os que espalham que, na falta de calção que desse nele, Chico Gordo jogou de cueca. É a eterna má vontade.

    Na verdade, roam-se os invejosos e despeitados, minha atividade esportiva não se resumiu ao futebol. Tive a oportunidade de destacar-me em diversas outras modalidades, inclusive em competições internacionais. Vocês não sabem porque o nordestino é perseguido e é ignorado pela imprensa especializada, mas a realidade é que eu já fui considerado uma das boas promessas do pugilismo baiano, quiçá brasileiro, na categoria peso-mosca. Meu treinador, que se chamava Péricles mas só gostava de ser conhecido como Filósofo ("não sei se você sabia", explicava ele dia sim, dia não, "Péricles foi um grande filósofo grego, que meu velho admirava muito"), botava grande fé no meu futuro, principalmente devido à minha motivação. E realmente eu estava motivadíssimo, precisava refazer os cacos de minhas ambições esportivas, que tinham sido rudemente abaladas nos últimos meses. O primeiro golpe foi na carreira de futebolista, com minha escandalosa perseguição por parte do técnico Hélio Javali, que não se conformava com minha popularidade. O segundo foi na disputa de uns jogos estudantis em Salvador mesmo, competindo eu nos quatrocentos metros rasos e no salto em distância.

Não me esqueço daquela tarde luminosa e fresca, na pista do Instituto de Educação Isaías Alves, que, em sua louçania, escondia uma caixa de Pandora de desgostos atléticos. Envergando a gloriosa camiseta do Colégio da Bahia, Seção Central, lá estava eu me aquecendo na pista, minutos antes da largada. Estava confiante, embora um pouco nervoso. Todos os concorrentes me pareciam fortíssimos, experientíssimos, transadíssimos nessas questões de quatrocentos metros rasos. E uma das coisas que a maior parte deles fazia, até hoje não sei por quê, era volta e meia dar uma cusparada displicente para o lado. Achei interessante, era certamente algo praticado rotineiramente pelos veteranos das pistas de atletismo. Fiquei fazendo chuc-chuc com a boca para preparar um cusparadaço que impusesse respeito aos adversários, quando chegou um fiscal enorme por trás de mim e gritou:

— Para com essa cuspição aí!

Engoli em seco, contive a cusparada, mas devo ter tido um problema na faringe, na traqueia, na laringe ou nas três, porque, de início controlável e logo desenfreada, uma tosse horrorosa me apareceu logo depois da largada e passei a correr aos solavancos. O importante é competir e cheguei ao final, embora não houvesse mais ninguém perto da linha de chegada e eu ainda estivesse tossindo um pouco.

No salto em distância, o destino talvez haja sido ainda mais cruel, eis que, em pleno voo, rasga-se-me o calção de cima a baixo, obrigando-me a tamanha contorção aérea em nome da moral pública, que teria ganho o ouro nos saltos ornamentais, houvera-me inscrito em tal modalidade. Abatido, não tive condições psicológicas de prosseguir na competição, decidi esquecer tudo e então voltei-me para o boxe, sob o incentivo de Filósofo e sua Academia Areópago.

Na Areópago, peguei meu treinamento básico e dei para achar que lutava igualzinho ao Sugar Ray Robinson, que na época era muito popular. Cada dia Filósofo me elogiava mais, falava que meu futuro era brilhante, soltava exclamações de pasmo durante os treinamentos, batia no meu ombro e me chamava de campeão. Passei uns três meses nessa, até o dia em que ele, depois de alguns minutos segurando o saco de areia para mim, me dispensou e disse que no dia seguinte viesse mais cedo, uma hora mais cedo. Eu quis saber por que e ele me explicou com simplicidade, apontando um cara que me pareceu a cópia do Archie Moore:

— É que amanhã você vai fazer uns três *rounds* ali com o Silveirão, que é para quebrar logo o nariz, já está em tempo.

— Quebrar o nariz?

— É — fez ele com naturalidade, fingindo que me dava um murro. — Quebrar o nariz, já viu boxeador de nariz inteiro?

Continuou sem ver, porque nunca mais apareci. Mas o esporte voltou a contar comigo, não só no meu retorno ao futebol, como até mesmo em eventos como o Levantamento de Copos para Escritores e Teatrólogos havido em Toronto,

Canadá, em 1983, quando fiz dupla com um romancista finlandês chamado Bo e derrubamos até a delegação soviética, considerada franca favorita. Quem já viu russo e sueco bebendo sabe do significado dessa vitória. Nunca mais duvidem de mim.

(02-05-85)

O DIA EM QUE MEU PRIMO E EU FOMOS AO FORRÓ

Quando eu tinha 15 anos, menino era muito mais besta do que hoje em dia. Havia rituais de gelar o sangue nas veias, tais como vestir paletó e gravata, acompanhar a irmã a uma festinha, bancar o macho e tirar uma moça para dançar, ainda por cima traçando com maestria os passos do bolero e puxando um papo sofisticado com a *partenaire*. Claro que tudo isso estava muitíssimo além de minha capacidade (quando eu ia sozinho pela calçada do Porto da Barra e havia um grupo de moças sentadas na balaustrada, eu atravessava a rua e passava pelo outro lado, de medo delas). Eu só ia até a parte de levar minha irmã, porque meu pai obrigava e meu pai nunca foi assim uma pessoa fácil de contrariar. Havia histórias horripilantes de sujeitos reduzidos a frangalhos, a verdadeiros farrapos humanos, por terem atravessado o salão garbosamente à vista de todos e terem sido rejeitados por todas as moças de uma mesa, inclusive a prima dentuça de Ipirá. Eu não me arriscava e, além de tudo, ou dançava laboriosamente o bolero ou conversava, as duas coisas ao mesmo tempo não dava pé, não sou essas inteligências todas.

Meu pai resolveu interferir nessa situação, que por sinal também afligia meu primo Luiz Eduardo, praticamente criado junto comigo. Entre comentários sobre métodos para fazer a barba engrossar e mentiras cavernosas a respeito de nossas pobres primas e mulheres fictícias "lá em Aracaju", nós éramos um festival de despeito e inveja dos caras que dançavam bolero, atravessavam salões e namoravam as moças. Além de tudo, naquele tempo o sujeito tinha de ser bonito, com cara de artista de cinema americano, mas eu estava mais para o Wilson Grey com cabelo arrepiado e meu primo parecia o filhinho mais velho do Oliver Hardy. Enfim, era um desastre e meu pai, que sempre foi um homem de decisão, resolveu dar um basta.

— Na véspera de São Pedro — anunciou ele — vai ter um forró no sítio do Osório e vocês vão, e vão dançar!

— Como, dançar? Dançar, nós? — Muito mal conhecíamos a teoria dos passos do bolero, discutida à exaustão com os mais experientes, como íamos dançar baiões e xotes e cocos e valsas e polcas?

— Como tudo mais neste mundo — sentenciou o velho —, isto depende de preparação. Vamos nos preparar!

Entramos em clima de concentração. Luiz revelou muito mais talento do que eu, tendo bailado airosamente com todas as mulheres da casa logo às primeiras lições, era uma vocação nata, inibida apenas pela timidez. Quanto a mim, receio não poder dizer o mesmo. Meu pai decidiu que tanta burrice não era possível e assumiu o comando direto da situação.

— Eu mesmo danço com você para lhe ensinar! — rugiu ele. — Luiz, bote aí um xote repinicado na electrola!

Foi um treinamento duro, não só porque o velho não é o rei da paciência, como porque não admitiu ser a dama.

— Faz-se de besta! — disse ele, assim que fomos iniciar a primeira contradança. — A dama é você!

Apesar dessa deficiência de base, acabei sendo declarado formado pela academia de dança de meu pai. Não fiquei assim um Travolta, mas consegui dançar com Dona Abelina, nossa vizinha, um xaxado inteirinho sem pisar nos pés dela — até hoje ela se lembra do fato com emoção e alívio (nas duas primeiras tentativas, ela teve de desistir depois que eu chutei o tornozelo dela). Meu pai ficou satisfeitíssimo, fazia descrições antecipadas de nosso sucesso na festa como grandes pés de valsa, rodopiando com as moças pelo salão como Fred Astaire e Ginger Rogers. O detalhe de nosso problema, em relação a ir lá tirar a moça para dançar, foi levado à sua atenção, mas ele não se impressionou.

— É muito simples — explicou. — Eu entro na festa com vocês, vejo lá uma moça, mostro a vocês e vocês vão lá tirar.

— Ah, eu não vou — disse eu.

—Vai, sim, rapaz, é uma coisa simples. Inclusive porque, se você não for, eu peço a ela para lhe tirar. Eu vou lá e digo:"Boa noite, minha filha, eu tenho um filho frouxo que nem a necessidade — aquele dali, espie! — e então eu queria ver se você não me podia fazer o favor, pelo que lhe fico eternamente grato, de tirar ele para dançar e..."

— Chega, pai, precisa não, pai, eu mesmo vou tirar.

—Viu? Eu não disse que você ia?

Clima de grande nervosismo, desde a manhã do dia da festa. Meu pai resolveu fazer uma espécie de revisão final e Luiz e eu passamos a manhã toda dançando, o regime do velho era duro. Chutei de novo o tornozelo de Dona Abelina, mas só uma vez e de leve, acabei passando, embora raspando, pelo controle de qualidade. E, de tarde, quando achávamos que teríamos tempo de treinar tirar moças para dançar e de rezar bastante pela proteção de todos os santos, meu pai apareceu com outra novidade.

— A festa é caipira — declarou. — Isto quer dizer que vocês vão vestidos de caipira. Sua mãe já está providenciando.

Minha mãe — que família! — não só é uma excelente providenciadora como tem todas as prendas, de doceira a bordadeira. De maneira que o capricho na nossa caracterização foi grande e a criatividade da família desembestou. No começo, era só um chapeuzinho de palha desfiado nas abas, uma roupa velha, tênis velhos e um lenço no pescoço. Meu pai, contudo, criticou acerbamente essa primeira versão, achou uma pobreza. Aí foram aperfeiçoando: encurtaram a perna de uma das calças; fizeram um rombo num dos tênis; puseram diversos remendos na camisa e nas calças; me deram uma meia de cada cor, uma delas furada no mesmo lugar que o sapato; pintaram bigode e barba com cortiça queimada. E, finalmente, pintaram de preto, tanto em mim quanto em Luiz, um dente da frente.

Quando terminaram, Jararaca e Ratinho, junto de nós, pareceriam vestidos por um alfaiate londrino. Ficamos um pouco inseguros, mas todos nos garantiram como seríamos um sucesso, a alma da festa. E, depois, como nos sentiríamos, aparecendo de roupa comum, numa festa caipira em que todo mundo estaria fantasiado? Pensássemos na pândega, nas nossas colegas de escola e de turma que estariam lá também vestidinhas a caráter, pensássemos nas garotas da vizinhança, pensássemos nas nossas recém-adquiridas habilidades coreográficas, pensássemos no forró, a vida é uma beleza. Tendo furtivamente tomado uma dose de licor de jenipapo cada um, Luiz e eu chegamos animados à festa. O forró propriamente dito era numa espécie de sala de visitas enorme com várias portas. Saindo do carro do velho, víamos figuras dançantes lá dentro, muita animação já reinando. Descemos do carro, minha mãe nos inspecionou, declarou tudo em ordem. Marchamos para a casa. Por acaso, nessa hora, os músicos fizeram um intervalo, todo mundo parou de dançar. A maior parte dos presentes foi para uma mesa cheia de doces e bebidas, outros ficaram junto às janelas — o centro da sala, perto da entrada, inteiramente vazio. Era certamente para a nossa chegada triunfal. Lá estavam — ouvíamos as vozes — nossas colegas, as moças da vizinhança, nossos amigos. E de fato estavam. De olhos arregalados para nós, à nossa entrada, de calça capenga, chapéu de palha, roupa remendada, sapato arrombado, barba de carvão e dente preto na frente. Isto porque absolutamente ninguém estava vestido de caipira, todo mundo — colegas, mocinhas da vizinhança etc. — estava de roupa comum. Eta mundo véio!

Meu pai se solidarizou. Compreendeu nossa necessidade de nos retirarmos imediatamente para o carro, autorizou mais um dedinho de licor de jenipapo, botou a culpa em minha mãe e deu uma nota de dez para cada um. Posso ter saído lucrando, mas até hoje tenho um certo trauma de festa caipira e não suporto cheiro de cortiça queimada.

(30-06-85)

Questões gramaticais

A gramática é a mais perfeita das loucuras, sempre inacabada e perplexa, vítima eterna de si mesma e tendo de estar formulada antes de poder ser formulada — especialmente se se acredita que no princípio era o Verbo. Estou estudando gramática e fico pasmo com os milagres de raciocínio empregados para enquadrar em linguagem "objetiva" os fatos misteriosos da língua. Alguns convencem, outros não. Estes podem constituir esforços meritórios, mas se trata de explicações que a gente sente serem meras aproximações de algo no fundo inexprimível, irrotulável, inclassificável, impossível de compreender integralmente. Mas vou estudando, sou ignorante, há que aprender. Meu consolo é que muitas das coisas que me afligem devem afligir vocês também. Ou pelo menos coisas parecidas.

★★★

Por que "estender" é com *s* e "extensão" é com *x*?

★★★

Não me conformo com a acentuação do verbo "averiguar". O certo é "averigua", "averigúe", mas eu me recuso a acertar. Só digo "averígua" e "averígue" e acredito que a maior parte das pessoas que ouço falar acentua do mesmo jeito. "Averigúe" soa como uma exortação obscena gaúcha.

★★★

Já não posso argumentar o mesmo em relação a "tóxico". Como muitos baianos, só digo "tóchico". Quando vou dizer "tócsico", eu tusso, mas admito que se trata de um problema pessoal. "Intocsicação", então, é impossível. Felizmente Jorge Amado também fala "tóchico" e, assim, alimento alguma esperança de conseguir status de exceção para a nossa maneira de pronunciar.

★★★

Cresce a lista das palavras banidas da língua: nada prejudica, tudo penaliza; não se bota nem se põe, coloca-se; não se vende, comercializa-se; não se faz uma sugestão, mas uma colocação; não se calcula, computa-se; não se compra pão na padaria, mas na panificadora; e, finalmente, precisamos com urgência de um adjetivo para substituir "chocante" no sentido antigo, pois, como se sabe, ele, a exemplo dos políticos do PDS, mudou de partido e hoje é antônimo do que era antes.

★★★

Nenhuma gramática ou dicionário, que eu saiba, reconheceu a visibilíssima existência do pronome indefinido "nego", pronunciado "nêgo", que, inclusive, já entrou faz muito para a literatura, pelo menos a literatura das crônicas de jornal. Na verdade, um estrangeiro que disponha do melhor dicionário e da melhor gramática continuará ignorando um pronome de uso universal nos bate-papos informais, com sua variante paulista — "neguinho". Não é a mesma coisa que "alguém" ou "todos", mas anda perto; assim como sua forma negativa — "nego não" — não é a mesma coisa que "ninguém", mas anda perto. Todo mundo conhece frases como "nego aqui é muito tolerante", "nego não conserta esta bagunça porque não quer", "nego vai lá e dá um pau nele" etc. Nestas questões lexicográficas, nego muitas vezes deixa escapar coisas óbvias como esta.

★★★

Dois verbos estão a carecer de estudo. O primeiro é o verbo "chamar-chamar", de uso restrito, porém intenso. Ninguém, ao discar o telefone e não encontrar resposta do outro lado, diz "chama e ninguém atende". Invariavelmente, diz "chama-chama e ninguém atende". É o verbo "chamar--chamar", certamente defectivo e com uma conjugação curiosa por flexionar também no meio, que precisa ser regulamentada — e com certeza o deputado Freitas Nobre tem algumas ideias sobre o assunto.

O outro é o verbo "coisar", que, apesar de constar dos dicionários, é um pouco desprestigiado, senão mesmo insultado, quando me parece uma das grandes conquistas da língua portuguesa, de crescente atualidade na era tecnológica. Como conseguiria um indivíduo mecanicamente inepto como eu sobreviver sem o extraordinário verbo — tendo de coisar o como-é-o-nome do aparelho de som e pedir ao técnico que coise por favor o negócio que faz a imagem da tevê ficar coisando o tempo todo?

★★★

Destino infeliz, o do verbo "seviciar" e o do substantivo "sevícias" — este último sofrendo a humilhação adicional de perder o s final, a troco de nada, nos jornais, descendo assim de seu raro status de *pluralia tantum*. Na crônica de polícia, "seviciar" não é mais maltratar fisicamente, como era, mas, sim, submeter sexualmente. Isto gera algumas chateações, porque alguns redatores ainda se lembram do significado oficial e, se alguém apanha na cadeia, escrevem que esse alguém foi seviciado. Geralmente, quando o apanhado sai da cadeia, em vez de agradecer a denúncia feita pelo jornalista, vai lá querer dar um pau na cara dele (já aconteceu com um repórter meu, quando eu trabalhava num jornal baiano; "eu nunca fui seviciado, nunca, isso nunca!", bradava o sujeito, indignado, com um hematoma deste tamanho na cara).

Contribuições brasileiras ao desenvolvimento da língua inglesa: Margareth, em lugar de Margaret; smocking, em lugar de *smoking*; dopping, no lugar de *doping*; handicap, no sentido oposto ao da palavra inglesa; e mais Yull Brainer, Errol Fláine, New Hampichaire e Tácson, Arizona.

★★★

Palavras impossíveis de publicar na imprensa diária: saciedade (na expressão "à saciedade", só sai "à sociedade"); cesura (só sai "censura"); Margaret Thatcher (só sai "Margareth"); intestina (na expressão "guerras intestinas" só sai "guerras intestinais"). E, finalmente, não adianta escrever "pluripartidismo", como seria correto, em vez de "pluripartidarismo", porque vem um copidesque e emenda. "Partidarismo" não é derivado de "partido", mas de "partidário". Pluripartidarismo, assim, é a carreira dos ditos políticos do PDS, que são e já foram partidários de qualquer coisa, contanto que não saiam do poder — verdadeiros pluripartidaristas, portanto. Regime político de muitos partidos é "pluripartidista", mas só sai "pluripartidarista" mesmo.

★★★

Um doce aí para quem:
a) disser o que é derivação parassintética;
b) — disser qual é o certo, se é obsecado, obcecado ou obsedado e qual dos três que deu "obsessão";
c) conjugar certinho os verbos colorir, fulgir, comedir-se, precaver, aprazer, adequar, foragir-se, emergir e retorquir;
d) disser qual é o ordinal de 8.569;
e) disser qual é o feminino de "rajá".
P.S.: Eu também não sei.

(11-08-85)

Colhendo os frutos da glória

Um dos maiores problemas que enfrento na minha profissão é que não tenho cara de escritor. Aliás, não sei bem que cara tenho, mas sei que não presta para a maioria das atividades que exerço ou já exerci. Lembro-me de que, quando era professor, sempre tive dificuldade em convencer novos alunos de que era o professor. Um, chamado Bruno Maracajá e hoje meu amigo (um dos meus tipos inesquecíveis, pela razão que se segue), teve uma crise incontrolável de riso quando entrou numa sala de cursinho para vestibular, perguntou quem era o professor de inglês e me apontaram. Foi meio chato e, se não se tratasse de cursinho para vestibular, não haveria santo que desse um jeito de o Bruno passar em inglês sem pelo menos saber a obra completa de Shakespeare de cor.

Quando eu era jornalista em Salvador e metido a celebridade municipal, escrevendo já colunas e artigos assinados, Seu Severino, vizinho nosso, sorria no elevador com bondosa malícia, toda vez que perguntava se era eu mesmo quem havia escrito tal ou qual artigo e eu respondia que sim. Ele tinha certeza de que o autor era meu pai e acho que até hoje tem. Outra vez, em crise de indignação cívica combinada com um acesso de pernosticismo — síndrome de que nenhum baiano está livre vez por outra, e alguns permanentemente —, escrevi um artigo altamente polissilábico e proparoxítono contra um figurão, que, naturalmente, não gostou. Mas não veio tomar satisfações a mim, foi buscá-la furioso junto a meu pai; porque estava seguro de que "aquele rapaz não tem condição de escrever um artigo desse nível, nem muito menos coragem".

Também não posso resistir a contar do dia em que, sendo o conferencista, fui barrado à porta da conferência. Bem verdade que, à já natural falta de cara, somei ainda o estar barbado e meio andrajoso (quando minha mulher não me lembra de mudar as calças, eu me esqueço — ela já testou e eu entrava no *Guinness* fácil). Tinha vindo de Itaparica de mau humor, como sempre fico quando saio de lá, só atravessei a baía por honra da firma, porque assumira o compromisso. Mas aí, auditório cheio (já estive em voga, era especialista em generalidades esquerdoides que agradavam muito as plateias naquela época, embora a gente fosse em cana bastante) e tudo mais, cheguei à entrada, dei boa--noite, fui passando, a mocinha me barrou.

— Cartão, por favor.
— Cartão, que cartão?
— O cartão que dá direito ao ingresso.
— Não me deram cartão nenhum. Eu estava em Itaparica e...
— Lamento muito, mas sem cartão o senhor não vai poder entrar.
— Eu...
— O senhor, por favor, quer dar licença? As pessoas atrás estão querendo entrar e o senhor está atrapalhando a passagem.

Fiquei com preguiça de explicar que eu era o conferencista e — por que não confessar, oh mesquinharia humana — também um pouco com vontade de ver a cara da mocinha depois que me descobrissem ali à porta, barrado e rejeitado. Como de fato fui descoberto, uns vinte minutos mais tarde, quando a chamada mesa diretora dos trabalhos começou a pedir desculpas ao público porque o palestrante, apesar de ter confirmado várias vezes sua aquiescência em vir, havia deploravelmente faltado ao compromisso.

Dei um pulinho do banco onde estava derreado, passei pela mocinha sem ela ter tempo de me deter, entrei, pedi a palavra e comuniquei à mesa que a culpa era dela, por não ter mandado o cartão.

Para a atividade de escritor, a falta de uma cara apropriada é gravíssima, porque as pessoas são ainda mais rigorosas para com caras de escritores do que para com quaisquer outros tipos de cara. Cara de escritor influencia até a crítica, e é por isso que aqueles entre nós que são deficientes nesse setor ficam muito incomodados com problemas de cara. O Fernando Sabino mesmo, cujo caso não é tão sério quanto o meu mas inspira cuidados, se queixa amargamente de uma recepcionista de hotel que não acreditou que ele era Fernando Sabino, o es-cri-tor, e passou o tempo todo chamando-o de "um homônimo". O grande poeta Almeidinha, queridíssimo presidente da famosa confraria etílica dos Amigos do Museu em São Paulo, de que sou sócio correspondente, me confundiu comigo mesmo. Fazia muito tempo que a gente não se via e, quando ele apareceu, fui-lhe ao encontro de braços abertos.

— Grande Almeidinha! — exultei. — Que alegria! Valeu a pena vir a São Paulo só para estar com você!

— Muito obrigado — respondeu ele com um sorriso amável. — E muito prazer em conhecê-lo. Aliás, o senhor lembra muito um amigo meu da Bahia, um escritor baiano amigo meu, interessante, lembra muito esse amigo meu.

Mas agora, depois de haver "gramado uma pior anos e anos", como me lembrou jovialmente o colega Fausto Wolf na televisão, eis que a glória e o reconhecimento me bafejam, apesar de a cara não ter melhorado, antes pelo contrário. Meu abnegado editor, Dr. Sérgio Lacerda — o único editor que mente ao contrário para seu editado (não me deixa ver um relatório de vendas, aos berros de "best-seller, best-seller!", para que eu não chore ao descobrir que um livro meu só está vendendo em Araraquara, assim mesmo porque uma prima de minha mulher que mora lá faz rifa com ele todas as terças, quintas e sábados — ninguém esconde nada do romancista), me demoveu da relutância que eu tinha em ficar para a Feira do Livro ora acontecendo aqui no Rio. É bem verdade que, conhecedor de minha alma sensível, ele houve por bem me oferecer um suborno, o qual, naturalmente, aceitei de imediato.

— Levas este mimo como lembrança da casa — anunciou-me ele orgulhosamente. — Ainda serás um "su" na Feira. Que queres mais da vida, um pôster na entrada do People? Pode ser arranjado.

Acreditei, é claro. Todo mundo acredita em elogio, como já observou o Chacrinha, ao pronunciar um calouro banguela a cara do Burt Reynolds e ver que o calouro (que era a cara do Peter Lorre com malária e sem a dentadura) acreditava piamente e fazia até uma pose reynoldiana. Saí então para testar minha popularidade, entrei numa livraria aqui da Visconde de Pirajá, senti que se declarou um *frisson* entre os balconistas, à minha chegada. Disfarcei, procurei assumir uma certa *nonchalance*, até para ser celebridade a gente tem de ser prático. Fingi que estava interessadíssimo em alguns livros, folheei atentamente um manual de datilografia sem mestre que me caiu nas mãos. Com o rabo do olho, vi que um dos balconistas, em nome dos outros, tomava coragem para me falar. Fiquei firme no manual, obtive um *timing* perfeito na hora de levantar os olhos para reconhecer a presença dele junto a mim.

— Sim? — falei com a mesma expressão que tinha visto num documentário em que o Leonard Bernstein foi surpreendido por populares numa livraria da Quinta Avenida.

— O senhor não é o...? — falou ele, quase gaguejando.

— Sim, sim, suponho que sim, ha-ha.

Ele inflou o peito de orgulho. Olhou triunfalmente para os colegas do outro lado da loja — "eu não disse?".

— Faça-me o favor — falou, me pegando pelo cotovelo na direção do grupo. — Eu tenho de apresentar o senhor.

— Com prazer.

— Pessoal! — trombeteou ele, cabeça erguida e mão no meu ombro. — Vocês são uns ignorantes e nem reconhecem quando pinta na casa um escritor consagrado! Quero apresentar a vocês o grande escritor (pausa dramática) João Antônio! João Antônio! Sempre fui fã do João Antônio!

— Eu também — disse eu. — Tem alguma agência de viagem aqui por perto?

(08-09-85)

A EXTRAORDINÁRIA MUSICALIDADE DO POVO BRASILEIRO

Uma das coisas que mais me chateiam nesta vida é a extraordinária musicalidade do povo brasileiro. Se há alguma vantagem na onda de assaltos a residências, é que ninguém mais organiza aquelas serenatas na varanda regadas a chope e tira-gosto de queijo com molho inglês, em que o Almeidinha — um senhor violão, uma alma de poeta, se não fosse contador já estava aí nas paradas — tirava o "Chão de estrelas" em lá menor, cantando em dó maior.

Mas há substitutos, eis que a extraordinária musicalidade não conhece barreira. Por exemplo, é absolutamente impossível comer ou beber em qualquer boteco da orla marítima de Salvador sem ouvir alguém batucando na mesa ao lado, ou então um sem-vergonha local inventando cantigas de candomblé em afriquês fajuto, para impressionar uma turista paulista. No cinema, se tocar uma musiquinha de compasso mais marcado, a musicalidade da plateia prorrompe irresistivelmente, através de palmas e batidas de pés. Nas malfadadas viagens de *ferryboat* (ou seja, barca, mas aqui o povo só chama de ferri-bôte, com exceção de muitos itaparicanos, que chamam de ferrobôte, talvez em alusão ao preço da passagem) que o destino ingrato me obriga às vezes a fazer, daqui a Salvador e de Salvador para aqui, sempre tenho a oportunidade de escutar uma variedade de grupos e de novos talentos individuais em que a nossa Bahia — ai de mim — é tão fértil.

Os tipos não variam muito. Há o conjunto tipo sambão, com atabaques, tamborim, caixa e chocalho, um bêbado fazendo um agogô com duas garrafas de cerveja (esta é outra característica do povo brasileiro: a nossa inesgotável capacidade de improvisação) e um vocal de afugentar esqualos. Tem também o conjunto afro e o conjunto tipo jamaicano. Entre os solistas, o mais comum é o fantasiado de Djavan, que se refere carinhosamente a Caetano Veloso como o "Caê", diz que a Dedé "é uma força, cara" e tem uma composição com um verso que menciona "as velas veladas que velam pela vila".

No exterior, a musicalidade nos persegue através do cara que levou um violão. Sempre tem o cara que levou o violão e que, depois da feijoada de feijão americano (tenho particular birra com um vermelhão, grandalhão, que me lembra abóbora miudinha) que todo brasileiro no exterior considera obrigatório oferecer a todo brasileiro, pega do pinho e abre as festividades dedilhando "Prenda minha" acompanhado de coral dos presentes, em homenagem à *hostess*, que é gaúcha e chora. Depois o cara imita João Gilberto, Dorival Caymmi e principalmente Cauby Peixoto — uma perfeição! A pedidos, ele demonstra versatilidade e imita também o Bob Dylan — por acaso trouxera no bolso uma gaitinha com uma trempe daquelas que dá para atrelar ao violão. Em seguida, já de pé, interpreta um samba-afoxé de sua autoria, "inspirado no folclore baiano" e com um refrão que diz:

> *Saravá, meu pai Xangô!*
> *Saravá, meu pai Oxóssi!*
> *Nas águas do Abaeté,*
> *Salve dona Yemanjá!*
> *A-to-tô!*

A essa altura, a musicalidade se esparrama pela sala junto com a inesgotável capacidade de improvisação e pratos, panelas, mesas, garfos e bandejas entram na música. O clima é carnavalesco, um americano dança igual a Carmem Miranda, desmunhecando, revirando os olhos e dando risadinhas. Cantam um ponto de umbanda, uma moça de Nilópolis que trabalha na Varig passa mal (esta é outra grande característica do nosso povo — nosso grande misticismo), volta o samba, e graças a Deus a polícia chega para acabar com a festa, chamada pelos vizinhos (o americano, como, aliás, o estrangeiro em geral, não tem a musicalidade do brasileiro). De minha parte, tortura por tortura, prefiro os seiscentos slides que o Otavinho tirou na viagem ao parque de Yellowstone, pelo menos a gente pode cochilar um pouco. Mas ninguém escapa do cara que levou o violão.

Aqui na ilha, invento uma praga nova todos os dias, para rogar contra os caras que fabricam, vendem e instalam os sistemas de som que transformaram todos os carros baianos em trios elétricos. Então a moçada chega aqui à praça, puxa todos os quinhentos watts dos alto-falantes de cada porta, abre as portas e os ares são invadidos pelos acordes do mais novo sucesso do roque nacional, num dos quais um cara canta "não me iluda" falando o "iluda" com o mesmo sotaque que Frank Sinatra dizendo "Saúde!" naquele comercial de uísque. (Não entendi por quê, não li nenhum dos ensaios polissilábicos que a crítica musical deve ter dedicado ao fato.)

Antigamente, eu trabalhava na praça, num escritório no andar de cima de um sobradinho. Tive de desistir, por causa da musicalidade. Era tanta que havia os serviços de sons de três bares, os rádios de algumas casas e os sons dos carros estacionados, tudo funcionando simultaneamente. E o ponto culminante foi quando deu para aparecer um carro de alto-falantes (não sei se é assim que se diz; era um carro com umas quatro bocas de som enormes na capota), que estacionava na praça e, entre músicas estentóreas de letras oligofrênicas, irradiava anúncios estranhíssimos, improvisados por um cara lá dentro, que fazia voz caprichada de galã de novela. Já resolvido a me mudar, vencido pela musicalidade, estranhei aqueles anúncios esquisitos, que misturavam slogans de várias marcas no comercial de uma marca só. Por exemplo, ele gostava muito de anunciar cerveja e, para falar em sua marca favorita, usava os slogans de todas as outras marcas.

— Como é que é isso? — perguntei a Zé de Honorina, que sabe de tudo que acontece na praça. — O pessoal paga para ele fazer esse negócio, não dá processo, não?

— Ninguém paga a ele — respondeu Zé. — É ele quem paga.

— Como, ele paga à fábrica de cerveja para fazer anúncio dela nesse carro?

— Não é bem assim. Ele não paga nada à cervejaria. Ele paga o aluguel do carro. É porque ele curte ser locutor e disc-jóquei e, como ninguém contrata ele, sai irradiando aí no carro. Ele me disse que tem muita musicalidade dentro de si, muita coisa para dar.

Mudei de escritório, mas as ameaças musicais me perseguem, este verão está prometendo. Vou ver se consigo um par daqueles abafadores de ouvido que o pessoal de terra dos aeroportos usa. E vou ver também se tomo outras medidazinhas complementares. Qual será a pena para quem for pegado destruindo caixas de som a tiros de rifle?

(13-10-85)

Leite de porca é bom e faz crescer

Aqui em Itaparica, existe grande sabedoria zoológica. Aliás, venho advertindo seguidamente os zoólogos desta tribuna popular a respeito da necessidade urgente de investigar certos fenômenos aqui na ilha que desafiam as leis biológicas universalmente aceitas. Ninguém me ouve, pensam que estou mentindo. Mas Sete Ratos mesmo, outro dia no Mercado, me contou que viu, com seus dele olhos que a terra há de comer — e não foi uma nem duas vezes, não, foram várias —, um caramuru namorando com uma cobra. Caramuru é um peixe feroz, cuja carne é muito apreciada pelos gurmês da ilha, semelhante a uma enguia. Aliás, pensando bem, é realmente uma enguia e, portanto, parecido com uma cobra. Pois Sete Ratos — peixeiro afamado, homem sério e de trabalho, chefe de não sei quantas famílias e pai de mais de vinte e cinco filhos, homem desses que só abrem a boca para dizer a verdade — me contou que cansou de ver caramuru namorando com cobra. Estou dando a sensacional informação exatamente como ele a passou, exceção feita ao verbo "namorar", que não foi realmente o que ele empregou na ocasião.

Isto para não falar em experiências ou constatações mais sensacionais ainda, tais como as relacionadas com a melhoria dos padrões genéticos dos galos de briga. Sete Ratos, que abandonou os galos por desgosto com a decadência ética do esporte, continua a entender do assunto e me revelou que um dos galos mais brabos que existem é o raceado com jacu. Inicialmente, duvidei um pouco, mas peixeiros e pescadores respeitados pelos seus conhecimentos em toda a ilha, tais como Cacheado, Eduardinho, Maluco, Gueba e muitos outros, me garantiram que é a pura verdade e matam a cobra e mostram o pau: quem quiser verificar pessoalmente essa história de galo de briga raceado com jacu pode procurá-los, eles sabem de gente que faz esse tipo de criação. Zé de Honorina, por outro lado, está disposto a oferecer a qualquer duvidador o nome e o paradeiro de um seu amigo, dos tempos em que Zé foi bamba do Estácio, no Rio de Janeiro, que cruzava urubu com galinha de briga. Dizem que o produto é ainda mais brabo do que o do jacu, requerendo, inclusive, que se conserve apenas, nos galos que vão para a rinha, um quarto ou um oitavo de sangue de origem urubuzal.

Meu primo Zé de Neco não só consegue pombos de dois a três quilos (é bem verdade que ele ainda não fez uma exposição desses famosos pombos a ninguém, mas não seria eu quem duvidaria da palavra de um parente que não bebe, não fuma e só sai do recesso do lar para resolver negócios e reclamar do governo), como também entende muito dessa coisa de racear galo de briga com outros bichos de asa, e não duvido nada que já tenha obtido um frango de galinha de briga com gavião. Ele acredita que, com persistência, o casal de perus que Zé de Honorina está criando no meio das galinhas poderá também render um galoru ou uma perulinha, ainda mais sabendo-se que o celebradíssimo Ferrolho, galo do terreiro de Zé, não perdoa nem capão, quanto mais perua.

Não dizem que raposa não pode ser domesticada? Pois perguntem a Ioiô Saldanha se ele não criou durante muito tempo uma raposinha dentro de casa. E não foi só isso, não, criou também um guará, o famoso lobo brasileiro, que ficou mansinho como um cachorro e só era meio chato porque, em vez de latir, uivava bastante. E são casos e mais casos, que me sinto no dever de divulgar à comunidade científica nacional, curiosamente desinteressada nesses achados.

Mas o dever fala mais alto e, arriscando-me, como Pasteur, ao descrédito por amor à ciência, não posso deixar de trazer a público o caso do leite de porca, apenas mudando os nomes envolvidos, para proteger inocentes (na realidade, não tão inocentes assim, porque andaram invadindo chiqueiros para molestar porcas alheias, cujos proprietários talvez ainda clamem por vingança até hoje, pois não se entra num chiqueiro dos outros assim sem mais nem menos). O caso do leite de porca é mais um fecundo exemplo do uso do método analógico em biologia e nutrição. Explico o que quero dizer. Sabem o ovo de codorna, reputado aqui e além-mar como restaurador da alegria de viver dos velhotes que sentem falta da gandaia antiga? Pois é, Sete Ratos me assegurou que descobriram as maravilhosas propriedades do ovo de codorna meramente apreciando o codorno.

— O codorno é um bicho tão desgraçado — explicou ele — que, se não botarem umas duas dúzias de codornas à disposição dele, ele mata de cansaço as presentes. Se for uma só ou duas, então, não duram nem dois dias, as bichinhas chegam a ficar estrebuchadas, bicho desgraçado! Aí o homem, na sua inteligência, resolveu tomar a essência do codorno, que é justamente o ovo da codorna. Aquilo já salvou muito casamento, meu compadre!

Pois então, pois o método analógico foi também empregado com sucesso aqui na ilha, graças ao corajoso pioneirismo de Gunga, Ferreira e Rosivaldo. Por que é que o porco é tão forte, tão gordo e robusto? Elementar: por causa do leite da porca, que deve ser dos mais fortes de toda a natureza. E tem mais: o porco vive naquela porcaria toda e não pega doença, todo mundo sabe disso. É o leite da porca.

Gunga, Ferreira e Rosivaldo fizeram o possível para provar sua tese durante vários dias, semanas até. Acompanhei o caso atentamente e cheguei a presenciar a tentativa de ordenha de Miroca, uma porcona vermelha do Alto de Santo Antônio mais ou menos do tamanho de um Volkswagen. Em verdade lhes digo: só quem já tentou ordenhar uma porca é que conhece as dificuldades da vida. Não só a porca não colabora absolutamente, como os bacorinhos parecem ter um senso de propriedade muito desenvolvido e não gostam de que bulam na comida deles. Nesse dia de Miroca, ela chegou a mais ou menos sentar na cara de Ferreira e, se Dunga não tem grande experiência em matéria de futucar porcos para eles se levantarem, receio que haveria mais um mártir da ciência, uma vida ceifada pelo progresso da humanidade.

A falta de estímulo e compreensão terminou por fazer os três desistirem. Mas Ferreira, de todos o mais disposto, não chegou a desistir completamente e, um belo dia, chegou ao Mercado, de viagem do Baiacu (distrito aqui na ilha onde a porcalidade impera), contando triunfalmente que tinha tomado leite de porca, sentia-se fortíssimo, outro homem mesmo.

— Como é que você conseguiu tirar o leite da porca? — perguntou Gunga.

— Ah, eu não tirei. Eu aproveitei que compadre Julião do Outeiro Grande cria uma porquinha malhada de estimação no quintal, mansinha mesmo, e aí eu fui lá abaixadinho, fui chegando, fui chegando, no meio daquela lama e dos bacorinhos, e mamei na porca. Ah, vocês nem queiram saber, ferrei fixe na teta da bicha, grudei ali e só saí quando já tinha mamado bem uns dois copos. Dois copos não digo, mas digo umas duas xícaras.

Recebido com admiração pelo seu feito, Ferreira desfrutou alguns dias de sua glória, mas logo sumiu, comentou-se que estava um pouco adoentado. De fato esteve adoentado, passou talvez uns dez dias sem aparecer no Mercado e, quando apareceu, apresentou-se um pouco abatido e com umas manchinhas em torno da boca. Que coisa chata, tinha de repente pegado uma infecção intestinal das brutas e ainda lhe apareceu um cobreiro na boca, coisa feia mesmo, coisa muito feia.

— Tanto assim — explicou ele, para aprovação geral — que, se eu não estou fortificado por aquele leite de porca que tive a sorte de mamar antes de cair doente, não sei se tinha escapado.

(27-10-85)

Voltando aos velhos ares

Nunca conversei com o Mascarenhas sobre isso, mas uma das razões por que às vezes me acho meio lelé do juízo é que eu tenho trauma de infância ao contrário. Todo mundo tem trauma de infância certo, direitinho, mas os meus são ao contrário. Por exemplo, o regime lá de casa, na minha infância e adolescência, era meio duro. Meu pai, impressionado com o tamanho de minha cabeça (eu dava pedrada em quem me chamava de Cabeção), resolveu que eu era um gênio e, portanto, receberia formação à altura. Ele tinha uma biblioteca gigantesca, de milhares e milhares de livros, e ideias muito próprias a respeito de como dar uma boa formação a gênios. Entre estas, encontrava-se copiar com boa letra sermões de Vieira, decorar Camões, ler Hamlet aos onze anos (não entendi nada, fui perguntar por que todo mundo morria no fim, e ele me respondeu meio de mau humor: "É tragédia!"; e desde esse dia tragédia em que não morre todo mundo no fim para mim é empulhação), traduzir uma *História universal* de um tal historiador francês (taí, desse eu tenho trauma certo: esqueci o nome dele, odeio livros de historiadores franceses e até hoje me lembro do cheiro daqueles dois volumes abomináveis) em voz alta, sem gaguejar e tomando catiripapo quando gaguejasse, tirar letras de músicas francesas e americanas da sua vitrola último tipo de agulha de safira legítima, ler Monteiro Lobato de cabo a rabo e mais quantos livros desse na veneta dele me obrigar a resumir, falar um latinzinho e brilhar na frente das visitas sabendo tudo mais do que as visitas, inclusive professores.

Ele também passava por fases especiais. Teve, por exemplo, a fase da educação musical. Ele mesmo é absolutamente atonal, nunca cantou nem assoviou na vida e, na época em que achava que, na hora dos jogos do Brasil na Copa, se ficasse de pé durante a execução do *Hino nacional*, o Brasil ganhava, era obrigado a me perguntar se aquele era o *Hino nacional*, porque tinha dificuldade de distinguir. Mas aí comprou vitrola nova (agulha em diamante, *hi-fi* legítima) e chegava em casa sobraçando álbuns de música clássica.

— Que é isso aí, pai? — perguntava eu, já cabreiro.

— Música clássica! — berrava ele, pronto para se aborrecer, com seu melhor sotaque alagoano. — Música clássica! Vai me dizer que, nesta idade, já no primeiro de ginásio, nunca ouviu falar de Bitôvene, Mozar e Baque? Que diabo de colégio para analfabeto é esse, pelo menos Bitôvene, Mozar e Baque, já não digo um Debussi, um Xúberti, um Chopã, mesmo um Brâmis, mas Bitôvene, Mozar e Baque não se admite que um rapaz de sua idade nunca tenha ouvido falar! Mulher, esse menino é uma calamidade, não vai dar para nada na vida, que desgraça! Pois vai escutar essa tralha toda aí e vai tirar na enciclopédia as biografias dos três, quero isso hoje de noite tudo bem escritinho, que vergonha desgraçada, um diabo dum filho no primeiro de ginásio que não sabe nada de Bitôvene! Mulher, depois da banca esse moleque aqui vai ouvir Bitôvene, Mozar e Baque — e nada desse negócio cheirosinho de sonata ao luar e não sei o quê, trate esse moleque na sinfonia, coisa séria, nada de fricote! E mande ele ler os folhetos dos álbuns e depois termine com Mozar, que é para ele esfriar um pouco a cabeça antes de pegar na enciclopédia para a pesquisa que eu encomendei a ele.

— O senhor também vai ouvir, pai?

— Faz-se de besta, eu tenho mais o que fazer! Mas já se viu, mulher, nessa idade e nunca ouviu falar de Bitôvene! Vai ser um perdido, não vai dar pra nada, vai terminar jogador de futebol do Cotinguiba!

Havia também as fases gramaticais e estilísticas, em que, por exemplo, passávamos semanas treinando figuras de retórica e de sintaxe e ordens inversas. Quem queria falar à mesa só podia falar assim, senão a palavra era cassada, a sobremesa quase sempre e o esbregue comia solto. Nessa eu até me dava bem, embora tenha um grilo com sinédoque, que até hoje não sei o que é e não adianta ir ao dicionário, porque leio a definição e, dez minutos depois, não me lembro mais. Mas uma vez eu taquei uma sínquise em cima do velho que o deixou tonto e, outra vez, ganhei uma discussão, provando que uma frase que ele considerou de "sintaxe pitecantrópica" (ele também me obrigava a entender ou fingir que entendia essas palavronas todas, porque, se eu perguntasse o que elas queriam dizer, ele me deportava para o Laudelino Freire, para copiar o verbete dessa palavra e de mais algumas outras, que ele aproveitava para encaixar) era, na verdade, uma sofisticadíssima prolepse, apesar de muito comum no falar popular do Nordeste. Chegamos a tal ponto que a anástrofe, que todo mundo tirava de letra, passou a não valer, tinha de ser de hipérbato para cima, o velho não facilitava.

Tem gente que acha que há exagero nessas minhas histórias, mas tanto o velho, a velha e meus irmãos estão aí, testemunhas oculares da história e bem vivos (o velho agora deu para achar que minha redação está melhorando, embora ainda sustente a opinião de que eu pontuo mal e quebro a cara no infinito pessoal).

Pois muito bem, pois meu problema é justamente esse. Se eu fosse um sujeito normal, devia detestar livros, Vieira,

Camões, dicionários, Bitôvene, Mozar, Baque *et catera* inclusive porque os métodos pedagógicos do velho eram assim meio cangaceirais e, quando ele tinha um aborrecimento cultural, Lampião encarnava na hora.

Mas não detesto, até hoje curto ler um vieirazinho para espairecer, sei uns pedacinhos do *Hamlet* de cor e — terrível confissão — sinto até saudade dos embalos culturais lá de casa, das salas abarrotadas de livros e das anástrofes da hora do almoço. Quer dizer, sentia, porque agora — segundo convicção de minha mulher — estou pronto para abandonar a família e a vida mundana. A fantástica Biblioteca Juracy Magalhães Júnior, aqui de Itaparica, acaba de me dar uma sala para eu trabalhar, com chave para eu entrar e sair na hora em que quiser, inclusive domingos e feriados! São vinte mil volumes! Tem tudo! É um delírio!

Hoje mesmo, ainda agorinha mesmo, no meio da noite, me aproximei da Biblioteca, abri a porta envolta na penumbra e no silêncio, acendi as luzes, fechei a porta e me vi cercado por velhos e amigos fantasmas, cheguei a conversar de novo em voz alta com os livros, como fazia na casa de meu pai. É, minha mulher tem razão, não vou querer sair mais, não vou querer nem escrever — essa coisa vulgar —, mas ficar aqui lendo até estuporar. Mas não, não, há as responsabilidades, claro que uma hora destas eu saio. Talvez daqui a pouco, mas só para dar um pulo rápido em casa, tomar um porre de Bitôvene, Mozar e Baque e voltar correndo para cá.

(03-11-85)

Dunga GR. CH., melhor da raça, e Lili, a cágada de guarda

Modéstia à parte, quando eu me meto numa coisa é para ganhar. Neste ponto sou como o Jece Valadão, que, quando se candidatou a deputado, me disse a mesma coisa. (Eu sei que ele não ganhou, mas ninguém é perfeito e não é por essas bobagens que se vai desmerecer um amigo.) Não me candidatei a nada, embora haja sido cantado para uma vereança aqui na ilha, honrosa investidura de que declinei por não me achar à altura. Refiro-me a meus espetaculares progressos no campo da cinofilia. Vocês precisam ver o Dunga agora, está irreconhecível, que animal! São essas pequenas alegrias que fazem a vida do criador valer a pena, como qualquer colega meu do Kennel Club poderá atestar.

É bem verdade que minhas esperanças de que Dunga seguisse a carreira de cão de guarda estão meio fanadas. Descobri que os latidos não eram para quem encostava no portão, mas para uma cigarra que mora na leucena e que de vez em quando desce para esticar as pernas no pátio. Dunga encara essa cigarra como se ela fosse uma onça. A cigarra não lhe dá a mínima importância, mas ele faz caras de fera dando o bote, pula, dá cambalhotas para frente e para trás, late como um possuído e de vez em quando corre até a ponta do quintal, se por acaso encosta o nariz nela e ela se mexe. Mas quanto a vigiar a casa, propriamente falando, o panorama é diverso. Ele dorme. Só trabalha de vigia quando eu estou presente (ele é um pouco puxa-saco, sou obrigado a reconhecer). Aí ele mostra serviço, corre para lá e para cá, ameaça os passantes e se posta em pose clássica de alerta diante do portão da frente. Mas, assim que eu saio, ele escolhe o lugar mais imundo junto à raiz da mangueira, se espoja um pouco para se imundar mais e começa imediatamente a ressonar, não acordando nem quando alguém sacode o portão, que é de ferro e faz uma barulheira infernal. Se eu volto de surpresa, ele logo se levanta outra vez, flexiona os músculos, se exibe revoltantemente e torna a fazer pose no portão.

Depois de algum tempo, terminei dando o braço a torcer e me queixei a minha mulher.

— Não se preocupe — disse ela. — Ele agora está dormindo encostado na porta da frente.

— É verdade? Bem, se é assim, ele não deixa ninguém passar, é ou não é?

— É, eu suponho que, se pisarem nele, ele não vai ficar indiferente. Pelo menos a gente acorda com o barulho dele chorando.

Talvez tenha havido excessiva acidez no comentário dela, mas isso deve ser atribuído a que as relações entre os dois não andam boas, embora eu tenha certeza de que é coisa passageira. A primeira razão é que, quando ela faz ginástica com as amigas de manhã cedo, ele também quer fazer. Não adianta explicar a ele que a ginástica é para senhoras e não para cachorros, porque ele insiste em participar e só para quando é posto na corrente, ocasião em que começa a uivar e ganir ao compasso do som que elas tocam para animar a ginástica. Admito que é um pouco enervante, mas elas também têm de admitir que esse papo delas de democracia, Nova República, participação geral e tal e coisa é da boca pra fora.

A segunda razão é o problema da ailurofobia. Ailurofobia é medo de gato, condição de que minha esposa padece moderadamente — ou seja, não pode ver um gato sem se arrepiar, ter vontade de correr e ameaçar se jogar pela janela.

E gato vagabundo é o que não falta aqui na ilha. Durante os três meses de verão, a gataria se vicia em pedinchar comida nas casas dos veranistas, fica toda gorda, preguiçosa e incompetente até para catar restos de comida nas latas de lixo e, o que é pior, produz gatinhos e mais gatinhos no meio daquela fartura toda. Quando os veranistas vão embora, deflagra-se uma crise demográfica e a gataria fica aos magotes cercando a casa, não deixando ninguém comer nada sem miar como se estivessem sendo estripados e, às vezes, avançando na gente. Se isto enerva qualquer um, imaginem a pobre da ailurófoba. Pois garanti a ela que, com a presença de nosso valente cão, os gatos iam sumir.

Não sumiram. Ela ficou chateada, mas a culpa, justiça seja feita, não foi de Dunga, ele fez o possível. Os gatos é que não quiseram cooperar, que é que se vai fazer. Ele se esforçou muito, usou todos os seus recursos vocais (que são privilegiadíssimos, vão do guincho a um uivo coloratura que só vocês ouvindo) e esgotou seu repertório de expressão corporal, mas os gatos não se impressionaram e se recusaram a sair, continua tudo como antes. Mas o papo de que os gatos tomam a comida dele é uma mentira difamatória inventada por minha mulher, eu mesmo já tive oportunidade de vê-los tentando e ele reage, embora com educação — não vejo em que um cachorro com boas maneiras às refeições é prejudicial para uma casa, é até um bom exemplo para as crianças.

Além disso, pensando bem, não precisamos de cão de guarda, fato que o próprio Dunga nos ajudou a descobrir. Lili, a nossa cágada, normalmente apresenta uma personalidade calma e equilibrada, como convém a uma cágada de família. Mas quando Dunga chegou e foi comer perto dela, ela não gostou, avançou nele e ainda comeu uma papita dele. E, mais ainda, quando ele largou um osso que eu tinha dado nas redondezas do apartamento dela, que fica no bequinho dos fundos da casa, ela foi lá e deu uma roidazinha no osso. Convoquei Dona Ruth, Lourdinha, Joselita e os meninos para ver, para depois não me chamarem de mentiroso, todo mundo viu e é testemunha. Hoje em dia, Dunga não ousa encostar em Lili e ela também deu para avançar, fazendo uns chiadinhos e escancarando a boca contra estranhos desacompanhados. Uma perfeita cágada de guarda, pois. Não vejo por que perturbar Dunga por causa de uma coisa para a qual ele não tem vocação.

Aliás, eu gostaria de saber para o que é que ele tem vocação, ajudaria no seu treinamento. Sou obrigado a reconhecer que também o setor disciplinar não vai muito bem. Ele só atende em casa. Na rua, sai correndo e ninguém consegue que ele volte. A não ser, é claro, em casos excepcionais, como quando o soltei na praia e ele se dirigiu imediatamente a uma mancha de petróleo — a única num raio de alguns quilômetros — sobre a qual rolou profusamente, até que descobriu que se lambuzara todo e voltou para junto de mim com um ar de "qualquer um pode cometer um erro de julgamento".

Mas estou satisfeitíssimo. A musculatura é fantástica, os dentes, ótimos, o pelo melhora a olhos vistos. Vou iniciar o desenvolvimento de uma nova raça a partir desse notável exemplar. Para aqueles que desejam colaborar no empreendimento, deverei elaborar em breve o padrão da raça. Por enquanto posso adiantar alguns dados. Tamanho: mais ou menos o de um dálmata; quando toma um esbregue, o de um *dachshund*; quando vê comida, um pouquinho menor que um dogue alemão. Proporções: cabeça minúscula, tórax bojudo, abdome compridíssimo, quadris ondulantes, cernelha de perfil incerto: qualquer harmonia nas proporções é desclassificatória. Orelhas: de morcego, meio de abano;

cores permissíveis: todas, inclusive petróleo. Temperamento: ocioso. Expressão: ar de burrice esforçada, testa franzida. Se alguém aí tem uma cadela rigorosamente dentro destas características, podemos conversar. Favor não se apresentar quem não reunir as condições.

(17-11-85)

Os alegres mortos da nossa ilha

Na volta de uma dessas viagens que de vez em quando faço ao Rio (não posso deixar de ir ao Rio com alguma frequência; tenho uma péssima reputação por que zelar e, se passar muito tempo sem aparecer, o pessoal esquece), me contaram que Seu David morreu. Fiquei chateado, já tinha o hábito de encontrá-lo de madrugada, quando a maré estava baixa, lá no meio da coroa do Bulevar, ele catando siri mole para fazer isca de peixe e eu tentando achar uns marisquinhos. Magrinho, franzino, pretinho, sem um dente na boca, acho que não sabia direito a própria idade, mas o pessoal da praça dizia que ele era meio matusalém, já tinha entrado firme nos noventa.
Não parecia. Na coroa, pondo o calcanhar à frente para sentir o siri enterrado nas poças, enxergava de longe o que eu não conseguia ver de perto. E de noite, pela janela do quartinho em que morava na companhia de sua cadela Loteca, cansei de vê-lo costurando sob uma luz fraca, sem óculos e tripulando uma pesada máquina antiga, dos tempos em que começara a exercer seu ofício de alfaiate. Era solteirão, Seu David. Mais do que isso, era donzelo, segundo todo mundo falava e ele respondia com uma risadinha. Não precisava de mulher, como ele mesmo me observou, conversando na hora da "Voz do Brasil", que ele e eu escutávamos juntos por falta de ter o que fazer, debaixo da castanheira grande do largo. Na verdade, não escutávamos, conversávamos, porque a "Voz do Brasil" é uma espécie de pano de fundo automático, vinda do FM que Zé de Honorina deixa ligado no escritório do sobradinho.

Não precisava de mulher. A comidinha dele, ele mesmo fazia, depois de passar de manhã pelo Mercado e voltar trazendo um pequeno saco plástico com uns quiabos, uns chuchus, um taquinho de abóbora e uma ou duas postas de peixe para cozinhar o escaldado, no fogareiro de carvão que guardava num canto do quarto. Companhia, já tinha a de Loteca, cachorra de fé, que, segundo ele, conversava.

— Você quer comida, Loteca? — dizia ele.

— Nnnhaaaam! — respondia Loteca, querendo dizer "não". (Se fosse hiiinn, era sim.)

Nunca vi Loteca falando, mas sei que é um animal inteligente. Bem tratada, de pelo escovado, não deixa ninguém encostar no portão, mas, quando sai, se comporta com dignidade e educação. Também donzela enquanto seu dono viveu (ele não admitia, discutia com os cachorros que volta e meia apareciam para dar uma paquerada nela), agora, receio ter de reconhecer, está indo um pouco à forra. Adotada por Seu Mané Parente, que não parece ter nenhuma admiração pela vida monástica (pelo contrário, dizem que, na juventude longínqua, Seu Mané Parente era o famoso Nego Beliscador, não deixava passar nada e era tudo papas-finas), Loteca, só assim que eu tenha visto, já foi de amizade colorida com o cachorro preto de Alemão, com Toddy de Armando, Pretinho de Seu Flávio da Bica, Duque de Espanha (no caso, não se trata de um fidalgo ibérico, mas do pastor-alemão de Espanha, dono do bar defronte da igreja de São Lourenço; Duque é — juro a vocês — amasiado com a pequinesa de Dona Anita, por sinal fidelíssima, mas gosta de dar seus pulinhos fora de casa) e dois da matilha feroz de meu primo Zé de Neco. E até Dunga, que ainda não tem idade para namorar, já andou se assanhando para ela, ganindo no portão à sua passagem indiferente e altiva (ela não gosta de broto, prefere cachorros maduros e vi pessoalmente quando ela esnobou o bóxer de Walmir Corretor, que supostamente é todo gostoso e metido a Julio Iglesias, mas para ela não está com nada — se bem que possa ser porque o bóxer é do PDT e Seu David era juracisista intransigente).

 Se Loteca não andou em nojo, não guardou luto nem resguardo, o mesmo não pode ser dito dos amigos de Seu David, que sentem muito sua falta. Seu Didi, que pescava com ele junto da ponte, os confrades da Irmandade de São Lourenço, em cujos dias de festa ele saía todo lorde, de gravatinha e capa ritual cor de vinho, carregando um dos tocheiros da venerável Ordem e acompanhando padre Quintino na procissão do Padroeiro, o pessoal do Mercado e eu mesmo. Nunca mais tive confiança em nenhuma previsão do tempo depois da morte dele. Os outros meteorologistas, alguns muito afamados, são, na minha opinião, uns enrolões, inclusive Sete Ratos, que outro dia teve o cinismo de teimar comigo que estava fazendo sol, enquanto chovia aos potes para todo mundo ver. Que ele faça isso com o camarão, dizendo que o miúdo é graúdo, vá lá, faz parte da profissão dele, mas com o tempo não se brinca, é uma coisa de responsabilidade. Com uma informação errada como a de Sete Ratos, um pescador do meu quilate pode ser surpreendido em alto-mar por um vendaval, ali a quase cem metros da praia, na canoa de Cuiúba. Seu David, não, Seu David era batata. Nunca compreendi as razões para a previsão, que ele me explicava pacientemente.

 — Isso aí é trovoada. Você vê ali pela carregação no xexeste, olhe ali, ih-ih-ih. Adispois, bisserve ali, hum, ói ventim baixo cá, xudeste arto, hum-hum, tudo-tudo armando, ih-ih-ih! Cai hoje de taje, duas-três horas mais taldar, ih--ih-ih! E, quando cair, é três dias.

 — Três dias, Seu David? Como é que o senhor sabe?

— Oxén, é lua em cima de lua!

Tampouco sei o que é lua em cima de lua, mas sei que, davam duas, três horas da tarde, lá vinha o trovão roncando grosso, o céu parecendo que tinha derretido, e três dias de toró firme, daqueles que só tem aqui mesmo e em filme americano.

Finalmente, havia as longuíssimas histórias, a que Zé de Honorina tinha horror ("cala a boca, David, eu vou ter um negócio, David, você quer me matar, David, para com essa história pelo amor de Deus, David!" — berrava ele desesperado, mas David só dava aquela risadinha e prosseguia impávido), mas eu adorava, embora também não entendesse nada.

— Seguinxe — dizia Seu David. — Nixo que vem-
-vem, vem por ali, chega na estrada — pá! Ói as mula do home. Ói as mulas do home, ói as mula do home, ói as mula do home e nós atucaiado, calado, nixo um frio da pustema... Vem o coroné! Ih que vem, que vem, sarta pra lá, sarta pra cá, aquela zuadeira... E os coqueiro? Nem queira saber, muntcho bem, só sarteando: o cavalo, zugue-
-zugue, zugue-zugue, e tome-lhe ripa nele — cataprum! Xó tô veno o pau comer e aquela abobrona lá toda aberta, escrito uma barriga de gente, senão de baiaco. Pensa que não deu? Vá nessa! Sai de lá um burro duma mulé, com o chapéu do capataz pendurado e vúcti-vúcti, vúcti, vúcti-
-vúcti! Eu xó assuntano. Que, nixo... Adelvinhe! Apois, apois não foi mesmo?

— Socorro! — gritava Zé. — David, se você não parar de contar esse negócio, eu lhe dou um tiro no meio da testa!

— Ih-ih-ih! — fazia David. — Esse Zé... Bem, assunte. Os homes nixo já tudo de capote...

Sinto falta, sinto falta mesmo. E ontem, dia em que morreu outro velho — pois aqui o costume é morrer de velhice —, fiquei um pouco melancólico ouvindo o dobre de finados repicando suas notas abatidas, pelas ruelas que desembocam no venerável largo da Glória. Meu consolo é que aqui não se acredita muito em morte e, ao que tudo indica, quem quer continua por aqui mesmo, só que em forma de alma, mas fazendo as mesmas coisas que fazia quando tinha corpo. Foi até o que pensei, quando, hoje na coroa, achei que aquele vulto magrinho de chapéu de palha, fincando os calcanhares na areia lá para as bandas da casa de Pamphinho, era Seu David. Quase vou lá verificar, mas achei que não ficava bem, ele não gostava de peru de mariscagem nem quando era vivo, quanto mais agora, que já cumpriu aqui o vale de lágrimas e tem o direito de não ser chateado. E depois podia não ser Seu David, claro que não era.

— Você sabe? — disse eu mais tarde, no Mercado, a Luiz Cuiúba. — Se eu não soubesse que Seu David já estava morto, eu jurava que tinha visto ele na coroa hoje de madrugada. Mas era a cara dele, rapaz, o mesmo jeito...

— A cara dele nada, seu besta — respondeu Cuiúba, que não tem muita paciência com minha ignorância. — Era ele mesmo! Você acha que o sujeito acostumado a mariscar todo dia vai deixar de mariscar só porque morreu? Daqui da ilha ninguém sai, todo mundo sabe disso, ninguém quer sair. Você sai?

— Eu não — respondi, fazendo planos mentais de escrever um testamento para garantir que me tragam de volta se eu morrer fora daqui, porque também sou viciado em mariscar.

(24-11-85)

O PORCO IBOPEANO E OUTRAS AVENTURAS ANIMAIS

Humilde embora, minha voz jamais cessará de clamar, desta tribuna do povo, contra o descaso com que a comunidade zoológica nacional encara as revelações por mim trazidas a lume, de fenômenos singulares ocorridos aqui na ilha. Pensam que alguém procurou Sete Ratos lá no Mercado, para informar-se de pormenores sobre o casamento de caramuru com jararacuçu e os possíveis caramaraçuzinhos originados de tão singular união? Nada, a única pessoa de fora que procurou Sete Ratos recentemente foi uma senhora paulista, que de início a gente pensou até tratar-se de uma professora que veio estudar o caramuru, ou senão o cruzamento de galinha de briga com jacu, mas não era nada disso, era paquera mesmo, Sete Ratos é danado. (Para os curiosos, informo que o caso não foi adiante. "Ela só estava interessada no meu camarão", confidenciou-me ele, desgostoso.)

Mas eu não desisto. Sabem aquela espécie de gaivota, uma escurinha, que nunca pesca? É o seguinte, tem uma gaivotinha que nunca pesca, não quer ter trabalho. Quando as outras, depois de patrulharem o canal para localizar uma manta de peixinhos, começam a pescar, ela vem para perto. Espera que alguma pesque e aí não deixa a pobre engolir o peixinho. Dá em cima dela com tanta insistência que ela não tem jeito e termina por largar o peixe no ar, ocasião em que a ladra faz uma bela manobra aérea e apara o peixe, engolindo-o de uma vez só. Pois aqui temos uma, que atende pela alcunha de Magnata e que faz ponto na rampa do Mercado, a qual tem freguesia organizada. Segundo alguns, ela treinou gaivotas de outra espécie para trabalhar para ela e hoje não precisa forçar a barra para que elas lhe forneçam o peixe. Ontem Zé Pretinho me mostrou Magnata trabalhando. Quer dizer, trabalhar, com ela, é força de expressão, porque o trabalho dela é comer os peixes que as outras pescam. E, de fato, três ou quatro gaivotas brancas, aí pelas cinco e meia (hora verdadeira, aqui a gente não adota essas novidades federais), começaram a pescar umas agulhinhas e Magnata nem se esforçava. Voava embaixo da pescadora e esperava. Dito e feito: a outra largava o peixe sem que precisasse insistir. Fez isso com todas, diversas vezes, até que presumivelmente se fartou e foi passear pelos lados do Bulevar. Só então as outras comeram. Quer dizer, ou Magnata realmente treinou aves de outra espécie para servir-lhe, ou é uma gaivota tão chata quanto aquele menino da piada do padre e do curió, ambas as hipóteses merecendo cuidadoso estudo.

E o mero subterrâneo? Vocês já conheceram algum mero subterrâneo, assim tipo metrô mesmo? Pois Maloba conhece, já esteve com diversos. Maloba, primo de Zé de Honorina, filho de Gerson, sobrinho de Benebê, é afamado mergulhador. Afamadíssimo, aliás, conhecido por enxergar debaixo d'água até na barra do Paraguassu, que é escura feito breu. Arpoador de primeira, orador de grande versatilidade, dançarino campeão de lambada, aventureiro internacional (já pegou um jacaré debaixo de tapa e dentada, no Pantanal, o homem é o Cão), Maloba me asseverou que certos meros veteranos aprenderam, por haverem escapado por pouco do arpoamento, a reconhecer o arpoador. "Eu mesmo já sou conhecido", me explicou ele. "Tem uns meros que me veem e já vão se malocando."

— Ah, eles não correm não, é?

— Não, muitos se escondem. O mero é um bicho, ele tem aquela cor do fundo do mar que disfarça bastante quando ele começa a se enterrar.

— A o quê?

— A se enterrar. Ele me olha assim, dá aquela rabanada, faz uma carreira disparada em frente e aí se enterra. De vez em quando eu consigo descobrir onde é que ele se enterrou, mas às vezes não dá, inclusive porque ele vai se deslocando por baixo da terra.

— Como um metrô?

— Justamente! Igual no Rio de Janeiro!

Pode ser que sejam meros cariocas passando férias aqui e, portanto, o achado não tenha grandes interesses, já que os meros, nesse caso, não inventaram nada, apenas copiaram, mas vale a pena investigar. Não é difícil conseguir um guia experimentado. Maloba não serve, já que os meros o reconhecem e se mandam.

Devo também fazer menção ao bem-te-vi observado por Luiz Cuiúba. Sabe-se que o bem-te-vi representa uma lição de aeronáutica que Cuiúba, fã do brigadeiro Jardim de Matos (se bem que mais por admiração literária, mas isto não vem ao caso, brigadeiro é brigadeiro), não deixou escapar. O bem-te-vi representa a vitória da manobrabilidade sobre a velocidade. Quando o gavião vai pegar o bem-te-vi, o bem-te-vi deixa que ele venha por cima à toda e, na hora H, faz uma manobra de banda como aqueles caças dos filmes da Segunda Grande Guerra e passa para cima do gavião, que não entende nada: cadê o bem-te-vi? O bem-te-vi está por cima dele e, enquanto perdura a surpresa, aproveita para cascar umas bicadinhas no cocuruto dele. Bicadinhas, não, aliás, que bicada de bem-te-vi não é graça nem para gavião.

Até aí tudo bem, todo mundo sabe disso. Mas o bem-te-vi que Cuiúba viu, no caminho da estrada para a Misericórdia, era muito diferente. Esse bem-te-vi de Cuiúba não só batia no gavião como debochava e perseguia, uma coisa por demais mesmo. No começo o gavião se aborreceu e quis dar testa, mas o bem-te-vi fazia com ele que nem toureiro com touro. Zupt! — o gavião passava direto que só faltava se bater numa árvore. E aí o bem-te-vi dava aquela risadinha chuetada de bem-te-vi, quirri-quirri-quirri! O gavião se retava, fazia o balão bem lá em cima para pegar velocidade e vinha de lá parecendo um foguete norte-americano. O bem-te-vi, muito descaradamente, dava umas paradinhas no ar tipo beija-flor e, quando o gavião chegava, ele já estava por cima — e tome-lhe cacete no gavião. Isso não sei quantas vezes, até que o gavião, já de língua de fora, fez uma espiral estilo urubu e quis se mandar, mas o bem-te-vi ofereceu perseguição. "Bicho perverso, desgraçado", disse Cuiúba. "E o tempo todo dando aquela risadinha debochada, só você vendo!"

Acho que a importância do bem-te-vi de Cuiúba é evidente por si mesma, dispenso-me de comentários. Chamo a atenção também para o grande número de gaviões estressados e deprimidos que devem encontrar-se na área de influência desse bem-te-vi, excelente oportunidade para estudar a psicologia patológica das aves de rapina. E, para concluir este relatório com uma narrativa de impacto, encerro com o caso do porco de Dona Almira, que me foi contado por Cacheado, meu amigo do peito, peixeiro de hombridade inatacável, reputado chefe de família, respeitado conhecedor dos mares e dos ventos, homem incapaz de faltar com a verdade dos fatos.

Esse porco de Dona Almira foi criado na mamadeira desde bacorinhozinho, com muito carinho. Ficou um porcão que só vendo, enorme mesmo. E asseadíssimo. Não sujava no chiqueiro, pedia para sair, ia discretamente nos matos e depois voltava. Tomava banho com regularidade e o pelo preto parecia um *smoking* lustroso, elegância rara. Muito gentil de maneiras, ficava na sala com a família e era incapaz de incomodar qualquer pessoa. E, finalmente, apreciava televisão. Passava horas na sala assistindo à tevê e preferia os shows de maior sucesso. Não contem isto ao Artur da Távola, que vai dar trabalho para formular uma teoria explicativa adequada (quiçá algo em torno da "empatia interespecífica primata-suíno"?), mas o porcão de Dona Almira não suportava o Silvio Santos e adorava o "Fantástico". Aliás, preferia a Globo de modo geral, cravava quase sempre com o Ibope e assistiu a *E o vento levou* inteiro, com o maior interesse.

Era um porco tão estimado na família que Dona Almira várias vezes desistiu em cima da hora de vendê-lo a Cacheado, que finalmente o comprou.

— E que fim levou o porco, Cacheado?

— Pernil. Nessa época eu não tinha televisão e ele não se adaptou lá em casa.

(15-12-85)

O DIA EM QUE O DIABÃO LEVANTOU A SAIA DA VIÚVA MARTINS

Não vou dizer que hoje em dia é como antigamente, quando a diabaria aparecia por aqui a três por dois, aprontando todo tipo de miséria e porcaria. Está tudo escrito nos autos da visitação do Santo Ofício aqui à Bahia. Nunca os vi pessoalmente, mas sei de ouvir contar. Sei, por exemplo, da história da velhinha que tinha um diabinho para ajudar nas tarefas domésticas — e todo mundo está cansado de saber que diabo em casa não pode, nem mesmo para lavar a roupa e varrer o quintal. Essa velhota, segundo consta, arranjou um certo ovo de galinha preta e, segundo preceituários secretos só dominados pelas bruxas e demais seres arcanos, chocou o dito ovo no sovaco — com certeza o esquerdo, que essas coisas são todas de esquerda, inclusive o Canhoto propriamente dito. Ao cabo dos dias necessários para que se choque um diabinho no sovaco, o diabinho saiu do ovo e passou a trabalhar com ela. Imagino que alguma vizinha invejosa denunciou a velha e seu diabinho aos padres da Santa Inquisição e o resultado foi que devem ter tomado o diabinho da velha e jogado água benta nele para ele estuporar. (Diabinho estupora com água benta, mas já o diabão é bem mais duro na queda. Segundo Cuiúba, tinha um desgraçado que atentava por aqui, chamado Beremoalbo, que era capaz até de gargarejar com água benta, com ele tinha que ser na base do padre forte, da água benta, rebenta e trebenta, muito terço, muito rosário, muito latim de boa qualidade, muita cruz de madeira sagrada e por aí ia.)

Hoje o que nós temos mais é alma penada mesmo e uns fantasmas de holandês ali na ilha do Medo, aqui defronte da Itaparica. Havia até mais desses fantasmas de holandês antigamente. Durante a gloriosa campanha em que os itaparicanos expulsaram de nossas plagas o invasor flamengo, eles foram escorraçados para essa ilha, que ganhou seu nome devido a isso. Ora, muito bem, mas os fantasmas deles ficavam por ali botando banca, não havia pescador que pudesse pernoitar na ilha do Medo — que não tem água e até hoje é desabitada — sem que eles viessem perturbar, xingar em holandês, entornar a comida na areia, apagar o fifó, dar risada na calada da noite, dar piparote na orelha e cometer todo tipo de arreliação. Isto até que Vavá Paparrão, então na flor da mocidade, precisou pernoitar na ilha, devido a um problema em sua canoa. Vavá, que, na outra encarnação, no tempo do padre Vieira, lutou em companhia de Santo Antônio, nessa época engajado no Exército português, contra os ditos holandeses, não gostou, em suas próprias palavras, "daquele clima de esculhambação promovido pelos framengos" e pediu combate. Não foi fácil, mas, quando o negócio apertou e Vavá não aguentava mais dar rabo de arraia para derrubar alma de holandês, foi só invocar o santo: "Valei-me, meu Santo Antônio!" O santo, que já estava por ali por perto e só não tinha entrado na peleja para não ofender Vavá, desceu que desceu retado e foi tanta porrada em holandês nesse dia que a ilhazinha chegava a estremecer. A maioria foi embora, deve estar hoje em Curaçao, no Suriname ou nas Bahamas, ou senão em Pernambuco, onde, segundo Vavá, "sempre deram boa vida a eles". Ficaram os mais pacatos e os mais caras de pau, inclusive um certo Vanderdique, que chega a ter o cinismo de pedir para ficar junto à fogueira nos dias de frio (e o pessoal deixa, o itaparicano é um vencedor generoso).

Quanto a diabos propriamente ditos, as notícias são poucas. Teve o diabo do Baiacu, que passou uns quatro dias atentando na ilha dos Porcos, mas era diabo fraco, bastou padre Laureano apertar o rabo dele na porta da casa do finado Pequeno e tacar meia quartinha de água benta no meio dos chifrinhos dele para ele abrir aquela goela horrorosa de diabo ("só você vendo que desgraça fedorenta", é o que todo mundo me garante), fazer agh-agh-agh e sumir no meio de uma nuvem de enxofre. O único problema que ficou foi a inhaca desgraçada que se entranhou no lugar onde ele estuporou, dias e dias ninguém podendo passar a dez metros sem tapar o nariz, não teve creolina que desse jeito, só foi embora depois da lua nova.

Afora esses, só uns diabos de rotina mesmo, alguns nem sequer confirmados, outros já perdidos na poeira dos tempos. De maneira que se reveste de importância para os demonólogos em geral o episódio de que foi protagonista a Viúva Martins, salva na última hora das garras do Maldito pela ação pronta e corajosa do padre Tadeu (nomes aqui trocados para proteger inocentes). A Viúva Martins, não sabem vocês, não era de se jogar fora, principalmente aqui no Recôncavo, onde as cheinhas — "as balzaques fornidinhas", no expressivo dizer do Dr. Marotinho — sempre tiveram, têm e terão o seu lugar e onde, nos círculos de cidadãos mais circunspectos e conservadores, quem gosta de osso é cachorro. Mas, coitadinha, ficou viúva cedo. Humberto, o popular Vaza-Maré, morreu de uma moqueca de baiacu mal preparada e a deixou sozinha, assim na flor da idade e com três filhos para criar. E, talvez por vê-la levar vida tão recatada e virtuosa mesmo muito depois da morte do

,marido, sem dar importância aos que ousavam, ainda que de longe, sugerir-lhe a corte, é que o Demo haja resolvido tentá-la, na forma de um diabão.

Diabão esse, meus caros amigos, que só vendo para acreditar. Não deixava a pobre em paz hora nenhuma do dia ou da noite. Era suor frio, era suor quente, era grito, era falta de ar, era nervoso de tremelique, era ataque de revirar o olho, era perna sacudindo, era roupa toda arrancada, era uma coisa horrível mesmo. Felizmente, numa hora dessa é que a pessoa encontra uma alma caridosa disposta ao sacrifício para ajudar o próximo. E essa alma veio na figura de padre Tadeu, que praticamente se mudou para a casa da viúva, para combater o Tinhoso com todas as suas armas de padre. Não é que deu certo? No meio da noite, o padre lá de vigília na casa dela, ela começava a gritar, o padre entrava no quarto dela correndo, daí a pouco ela ia acalmando, acalmando, acalmando, até que acalmava de vez — era uma coisa linda de se imaginar, para quem estava do lado de fora da casa. Tão linda de imaginar, aliás, que tinha gente que não se aguentava de vontade de saber como é que o padre fazia para acalmar ela e finalmente convenceram Enaldina, que trabalhava na casa dela, a dar uma espiadinha. Mas Enaldina é meio desajeitada e, logo depois que o padre entrou no quarto para acalmar um dos ataques e ela se encostou num móvel para espiar pelo buraco da fechadura, o móvel se arrastou no chão com estrondo, houve um rebuliço lá dentro, a viúva saiu de lá esbaforida, lutando para baixar a saia, que teimava em subir-lhe até quase a cintura.

— O demônio, o demônio! — gritou o padre, que saiu logo em seguida, ajeitando o cabelo. — O miserável levantou a saia da pobrezinha!

Diabão é assim, até saia de viúva desamparada diabão levanta. Mas esse aí deve ter levado um susto com toda a confusão, porque, depois desse dia, nunca mais apareceu. Nem ele nem o padre, que, segundo contam, arranjou uma transferência para Aracaju. Quanto à viúva, acabou casando com um petroleiro destamanho e nunca mais viu nenhum diabão, nem teve chilique.

(19-01-86)

Fazendo a madrugada com o Ferreirinha

Este horário de verão é uma chatice. O sujeito acorda às cinco da manhã, como qualquer pessoa normal, e é obrigado a permanecer dentro de casa até clarear. As mangas praticamente já acabaram, mas a morcegada gosta muito daqui e vai ficando. De manhã cedo, o morcegão Chester, assim chamado porque seu porte físico é semelhante a um daqueles frangões anormais de supermercado, faz cúper entre a mangueira e a varanda, dando grandes rasantes junto à cabeça de quem estiver por ali. Tem gente que não liga, acho isso espantoso. E todo mundo, invariavelmente, explica que o morcego tem um radar que não deixa que ele se choque contra qualquer objeto — isto é uma das coisas que mais dá em almanaque e no "Você sabia?". Não vem ao caso. Considero isso irrelevante e continuo a abominar a ideia de sair com Chester fazendo acrobacias aéreas em torno de minha cabeça como se eu fosse o Christopher Lee indo para uma festa.

Dunga fugiu há dias, deve ter sido atropelado. Não era dos cachorros mais brilhantes aqui da ilha e, nas duas vezes em que escapuliu de casa e o trouxemos de volta, só não foi atropelado porque as pessoas que estavam dirigindo os carros que ele atacou tiveram a paciência de parar enquanto eu, sob o olhar de comiseração de família e vizinhos, engatinhava debaixo do diferencial, implorando ao miserável que saísse dali e fosse para casa. Ele dava o bote diretamente na roda da frente do carro e receio que, na quarta ou quinta tentativa, não se tenha dado muito bem. Não quero lembrar isso, mas é inevitável que a madrugada fique um pouco melancólica, agora que só restam dele, ali num canto da varanda dos fundos, a parafernália antipulga-sarna-carrapato-bodum e a corrente, além de um triste saco de comida de cachorro meio vazio.

Felizmente, fiz amizade instantânea com o Ferreira. O Ferreira só chegou há alguns dias, mas já temos grande aproximação e hoje — por que não? — vamos sair juntos pela madrugada.

— Ferreira! — digo eu, em voz baixa para não acordar a casa toda. — Vamos sair juntos hoje?

— Bolacha! — responde ele grosseiramente. — Traga bolacha! E café! Café! Café!

— Tenha calma, rapaz, isto aqui não é a casa da senhora sua mãe — retruco eu com igual rudeza, porque ele já está começando a gritar.

— Bolacha! — insiste ele. — Bolacha e café!

— Cale essa boca, cafajeste!

— Cafajeste! He-he-he-he-he! Cadê a bolacha? Bolacha! Café!

— Dê logo uma bolacha a esse papagaio pra ver se ele cala a boca, que tem gente na casa querendo dormir! — fala minha mulher lá dentro.

— He-he-he-he! — gargalha Ferreira. — Bolacha e café, he-he-he-he!

Sim, o Ferreira é um papagaio. Chama-se Ferreira, é claro, porque eu tenho uma filha chamada Chica e um filho chamado Bento, de maneira que Ferreira é o único nome aceitável no caso, como qualquer um há de convir — fico com Chica, Ferreira e Bento e evidente que nunca vou deixar os três passear de jangada. Chica e Bento, contudo, ainda dormiam e não restava senão recorrer mesmo à companhia do safado, que realmente calou a boca assim que ganhou uma bolacha de presente, que começou logo a comer, fazendo a mais completa porcariada num raio de cinco metros.

—Venha para o ombro — disse eu finalmente, depois de concluir todos os preparativos para a expedição.

Esperava atuar como artista americano na selva, que apenas gesticula para seu animal domesticado e este imediatamente faz o que ele quer. Toda hora eu esqueço que não sou americano. Ferreira, obviamente, ignorou meu ombro e meu chamado e só saiu do poleiro depois que eu tomei a bolacha. E só ficou no ombro depois que devolvi a bolacha e ele continuou a comê-la, enchendo minha orelha de farelo.

Pronto. Cajado de araçá-bravo na mão direita, papagaio no ombro esquerdo (ele só fica no ombro esquerdo, acho que vou pedir um atestado de ideologia um dia destes), chapéu de palha, graveto de tamarindeiro na boca para esquecer o cigarro, chinelo velho e bermuda frouxa, eis-me pronto a aventurar-me pela penumbrosa alba marítima de que falou o poeta. Rododáctila Aurora — a do outro poeta — já fazia sentir seus dedos cor-de-rosa pelas bandas do Bulevar. Tentei chamar a atenção de Ferreira para a beleza da cena, mas ele entretido em roer o meu chapéu estava, entretido permaneceu.

— Que beleza! — disse eu.

— Louro quer café? — interrogou-se ele, sem me dar importância.

Hora de ir para o Mercado. Momento de grande tensão, é por isso que vou armado de cajado. No caminho, cabe enfrentar o possível mau humor de alguns cachorros, notadamente a feroz matilha de meu primo Zé de Neco, que uma vez me encurralou e, se não fosse o cajado, a coisa ficava preta. Vou passando pelo larguinho na frente da pensão de Esmeraldo, os cachorros estão lá no portão de Zé, não me veem. Ótimo, melhor assim, porque é mesmo um grilo quando eles correm para cima da gente latindo, cajado ou não cajado. E já estou quase safo, mais de meio caminho andado, quando Ferreira, a troco de nada, dá dois assovios desses de furar tímpano e chama um tal Lelé, que ele de vez em quando chama em casa também e ninguém sabe quem é. Nenhum cachorro podia ignorar aqueles assovios e talvez um deles se chamasse Lelé (vou até perguntar a Zé; se for verdade, eu mato esse papagaio), porque o fato é que eles vieram para cima de mim e, segurando o chapéu, tive um ingresso inglório e às carreiras no largo da Quitanda, onde, por tradição, nenhum cachorro da terra continua a perseguir ninguém, é uma área franca e democrática.

Como se estrangula um papagaio? Pondero a comissão desse ato, enquanto o desgraçado imita o latido dos cachorros e dá umas risadinhas grossas no meu ouvido. É claro que ele sabe perfeitamente o que fez, está se divertindo à minha custa. Também quem manda sair com papagaio, onde já se viu sair com papagaio? Não saio mais com ele, não vou nem ao Mercado agora, volto com ele para casa, deixo-o no poleiro, que é o seu lugar.

E já vou quase tomando o rumo de casa, quando decido que não estou sendo razoável. Claro que o bicho não fez nada de propósito, ele não pensa, coitado do animalzinho. Arrependo-me de ter pensado em dar um catiripapo nele, coço-lhe o cocuruto, ele baixa a cabecinha para os agrados, uma cena enternecedora, meus caros amigos. Decido então, a manhã já clara, ir para o bulício do Mercado em companhia de meu querido papagaiozinho, o vivaz Ferreira, o encantador Ferreirinha. Respiro fundo o ar cristalino. Que linda manhã! E que vejo, lá na frente? Ora se não é, já tão velhinha mas ainda tão fortezinha, uma antiga professora minha de ginásio, uma que, de tão severa e exigente, era solteirona casada com a profissão e tinha fama de nunca haver dado um dez — mas deu um a mim, certa feita! Que alegria ver a velha professora, beijo-lhe a mão; ela, apesar de alegre e sorridente, ainda inspira o mesmo respeito austero. Vê o papagaio, pergunta se ele fala. Fala, sim, professora, fala, sim. Toda vez que eu digo "tarará-tarará", ele fala, canta ou assovia, a senhora quer ver? Claro que quer.

— Tarará-tarará, lourinho — digo eu.

— Filho disso e daquilo! — prorrompe ele imediatamente, soltando um vocabulário que, juro a vocês, nunca imaginei que ele tinha. — Seu isso e seu aquilo descarado! He-he-he-he!

A professora riu amarelo, eu tentei pedir desculpas, ele não calava a boca, despedimo-nos no maior embaraço que vocês podem imaginar. Como é que se estrangula um papagaio?

(26-01-86)

Envelhecendo com graça e elegância

Suponho que, quando fiz quarenta anos, tive a crise de praxe. Inclusive porque, um belo dia, acordei no meio da noite com o coração completamente enlouquecido, disparando, batendo fortíssimo e dando umas paradinhas apavorantes, que pareciam durar séculos. Passei a noite toda andando de um lado para o outro com um medo de morrer que jamais imaginara poder sentir e pensando em dar entrada na clínica da esquina, mas receando que lá acabassem de me matar. (Quando procurei um médico de confiança no dia seguinte, falei-lhe deste meu receio e ele, dando uma risadinha, disse "tem razão, podiam matar mesmo".) Não tinha nada, a não ser o peso nas costas — e no peito — da comissão de uns tantos excessos próprios da alma do artista. E continuei tendo esses "enfartes" durante algum tempo, o último dos quais foi em Havana, ocasião em que Gianfrancesco Guarnieri (no Caribe conhecido como Panchito Guarnieri) me curou definitivamente com uma megadose de Glenfiddich que ele descolou no *free shop* do hotel. Ele receita uísque para qualquer coisa e me disse que nunca recebeu uma só queixa de sua clientela.

Mas os enfartes me renderam um certo grilo. Subitamente eu, que, quando me chamavam de "senhor", olhava para os lados procurando o senhor, dei para achar normal ser tratado com certa deferência por garotos bem-educados que pouco antes eu considerava gente mais ou menos da minha geração. Só não cheguei a me acostumar a ser chamado de "tio", que é como os meninos de rua chamam os coroas, aqui na Bahia — inclusive, ai de mim, em Itaparica.

Também dei para perguntar a idade dos mais moços e fazer contas silenciosas sobre como poderia ser pai deles. Passando pelo Rio, uma moça de 18 anos quis me namorar e reagi com horror, achei que se trataria de quase um incesto, agora que, feitas outras contas, se eu tivesse casado aos vinte anos, já podia ser avô e, por conseguinte, era virtualmente um vovozinho.

No setor de estado d'ânimo, um quadro triste. Certamente bem mais da metade da vida já vivida, umas besteiras escritas, uma semipenúria permanente. Sempre tive desgosto por não saber ler grego antigo e alemão, mas, nessa ocasião, essas duas deficiências me pareciam mais que abomináveis e diversas vezes me surpreendi denunciando a mim mesmo em festinhas como um embusteiro intelectual, cujo destino seria morrer de cirrose (ou varizes no estômago arrebentadas, eu pensava muito em varizes no estômago arrebentadas — imagino que dava à coisa um toque meio dostoievskiano) no baixo meretrício, deixando uma obra medíocre e mal-acabada e montanhas de dívidas. Imaginava cenas de filme mexicano, eu um velhote curvado, metido dentro de uma capa de chuva e começando a tiritar com a febre da gripe que, virada em pneumonia, me mataria na solidão esquálida de meu quarto de pensão, andando à beira do cais, olhando o plúmbeo mar e amargando o que poderia ter sido e nunca foi.

E, ainda por cima, Glauber começou a morrer em Portugal, comigo lá. Lembro-me que soube da morte dele pelo telefone e não pude acreditar. Mas tive de acreditar e não passei nunca por angústia mais terrível do que a daquela manhã ensolarada de sábado na avenida de Roma, a vida completamente absurda, o mundo sem referência, aquele homem extraordinário, extraordinário amigo, inaceitavelmente morto, desaparecido, mudo. Agora mesmo era que a solidão, de afeto e de cabeça, se transformava em meu destino inelutável, naquela descida sem volta pela meia-idade e pela velhice, se chegasse lá — e será que queria chegar?

De lá para cá, graças a Deus, as coisas melhoraram. Cheguei a perder a mania de velho por uns tempos, fiquei assim meio lampeiro aqui na ilha, dei para estranhar de novo me chamarem de "senhor". Mas isso, é claro, não podia durar. Por que me assaltava imenso tédio, quando, numa roda de amigos na faixa dos trinta, o papo sobre mulher se animava todo, com especulações sobre as gostosas do Brasil e relatos salivosos de tremendos encontros eróticos? Por quê, querendo ler um livro que por acaso estava num lugar baixo, às vezes desistia para não me abaixar, embora não tenha nenhuma dificuldade em me abaixar? Por quê, assistindo a um jogo do Vasco, do Vitória, ou mesmo da seleção, às vezes mudava de canal, não gritava mais com um gol perdido, achava chato comentar o resultado por mais de cinco minutos depois do jogo e às vezes queria ver simplesmente um golzinho ou outro, não importando de que lado fosse?

Além disso, senhor-pra-lá-senhor-pra-cá, deu para ficar cada vez mais visível o constrangimento de rapazes e moças, quando, por acaso (procuro evitar, mas às vezes não dá), participo algum tempo de uma rodinha deles. Fica aquele negócio sem graça, todo mundo meio endurecido e eu, que não sou propriamente um insinuante rei do charme, sempre volto para casa meio perturbado com o que imagino que pensam de mim. Tem também o caso das dançadinhas (não imaginam que eu possa dançar e muitos ficam me olhando dançar como se eu fosse a rainha da Inglaterra fazendo um *striptease*), o do automóvel (ninguém acha que eu possa dirigir e até meu abnegado editor, Dr. Sérgio Lacerda, passou uma tarde toda abismado porque uma vez manobrei o carro dele para ajeitá-lo melhor na vaga — "que assombro", disse ele, "você deu uma marcha à ré!") e assim por diante.

Finalmente, tem o olhar. Só quem recebe o olhar é quem sabe sobre ele, não adianta descrever, é uma coisa esquisita. Aliás, são dois olhares: o do reconhecimento e o do encontro. O do reconhecimento antigamente me assustava, porque eu nunca atinava que me olhavam daquela maneira estranha porque estavam me reconhecendo, achava sempre que ninguém ia me reconhecer, não sou nenhum Tony Ramos. E o segundo olhar, meio como se a gente fosse bicho, é o que vem quando o reconhecedor conversa comigo. Às vezes dura todo o encontro, às vezes todos os encontros com aquela pessoa, subsequentemente. Escritor, naturalmente, é velho, fala difícil e tem absoluto desprezo por quem não acompanha seus altos padrões culturais e seu fino cultivo de rigorosa correção de linguagem de acordo com a gramática. Imaginem a cara dessas pessoas.

Acabei me acostumando, deve estar na hora mesmo. Tomei até a deliberação de não ser um velhote escandaloso e procurar me comportar com a compostura esperada de anciões de 45 anos. Isso mesmo disse à minha mulher, quando cheguei em casa.

— Mulher — falei —, de agora em diante, tomei consciência de que sou coroa e vou me comportar como o velho que sou.

— Que é que você está fazendo com a *Playboy* da Maria Zilda na mão? — disse ela.

(30-03-86)

Ferreirão das Louras mostra o seu valor

Encontrei Zé de Honorina sentado no batente da casa do Sargento Geraldo, assim meio desgostoso.

— É esse papagaio — disse ele, apontando com o queixo um louro meio jururu, equilibrado num poleiro pendurado no oitizeiro defronte. — Esse desgraçado só faz assoviar, dizer "tabaréu" e gritar como um condenado. Botei ele aí para pelo menos ele aprender a dizer "ladrão" quando passasse um dos meus fornecedores, mas ele não quer nada. Se eu não achasse que comer papagaio é uma espécie de canibalismo, eu fritava esse miserável para tira-gosto.

Fui inspecionar o papagaio, pois, como se sabe, sou metido a entender de papagaio. De fato, ele era um pouco diferente dos papagaios mais comuns na ilha, parecia até ser de uma variedade diferente da de Ferreira, o papagaio lá de casa. Cores pouco brilhantes, pouquíssimo amarelo, pouquíssimo vermelho, um verde baço, um azul fosco. E bico quase todo branco, mais aquilino do que os dos outros.

— É, talvez seja complexo de feiura — disse Zé, observando minha expressão ao examinar o papagaio.

— Coitado — disse eu. — E também tem assim uma cara meio burra.

— Sabe do que mais? Me faça um favor, me leve esse papagaio com você quando você voltar para casa e bote junto do seu, talvez assim ele aprenda alguma coisa. Se não aprender, está confirmado: pintaram de verde uma coruja e me passaram como papagaio.

Levei o papagaio. Dia de faxina na casa, Ferreira estava temporariamente debaixo da mangueira, dirigindo dichotes aos passantes, assoviando "Oh Suzana" e se anunciando como Roberto Carlos (ele tem mania de ser Roberto Carlos, acho que não gira muito bem) — ou seja, a rotina de sempre. Assim que o louro de Zé, que vinha calmamente no poleiro carregado por mim, botou os olhos em Ferreira, através da grade do portão que eu ainda não chegara a abrir, teve um estremeção e começou a gritar altíssimo. Do lado de lá, Ferreira emudeceu e se congelou numa postura que eu nunca tinha visto, absolutamente imóvel. Ih, pensei, vamos ter briga de louro, é melhor não deixar os dois se aproximarem.

Mas, quando passei por perto de Ferreira com o outro papagaio, a situação mudou um pouco. O papagaio de Zé parou de gritar e tremer, estendeu o pescoço na direção de Ferreira e este, como se estivesse sobre um pedestal giratório, virou-se na mesma postura, os dois agora se encarando. Ah, pensei, vou chegar mais perto e, se sair briga, eu desaparto. Tão logo o poleiro de Ferreira ficou a seu alcance (aliás, poleiro não, Ferreira habita uma verdadeira suíte e seus receptáculos de comida e água, por exemplo, são de cristal — cristal Cica, mas cristal), ele, como se fosse a coisa mais natural do mundo, passou para lá.

Benza Deus, o que é a natureza! Como se nunca tinha feito outra coisa na vida, Ferreira, assumindo os ares rapaces dos galãs de cinema mudo, as pupilas abrindo e fechando como um pisca-pisca e as penas eriçadas, marchou para o louro de Zé e, sem pestanejar, aplicou-lhe um beijo desses de envergonhar o pessoal da novela das oito, negócio sério mesmo, não entro em mais detalhes porque este é um jornal de família.

— Mulher! — gritei. — Venha ver!
— Onde é que você arranjou essa papagaia? — disse ela.
— Como é que você sabe que é papagaia?

— Então é a Roberta Close, meu filho. Você acha que algum papagaio macho ia deixar Ferreira... Epa!

Voltei-me ainda a tempo de ver Ferreira, em passos de balé, postar-se estrategicamente junto à papagaia e, com ela toda arrepiadinha e dengosa, passar a enfiar-lhe o bico pela penugem da nuca, além de praticar outros atos que a discrição no momento me impede de explicitar (adianto, contudo, que umas coisas que a gente pensa que é só gente que faz, papagaio também faz).

Bem — disse minha mulher —, eles já estão em lua de mel e cabe a você, como chefe da família, resolver se devemos permitir esse espetáculo na presença das crianças. Epa!

— Epa?

A notícia estourou como uma bomba na cidade. Chegou até gente para ver, e Ferreira não se fez de rogado. Só não deixava ninguém chegar perto do poleiro, nem mesmo eu, a quem ele costuma jogar beijinhos e cumprimentar com "fiu-fiu". Partia para o intruso e lhe dava um bote, seguido de uma risada sinistra. Assim que a pessoa se afastava, eles voltavam ao chamego — beliscadinhas, alisadinhas, cafunés, cara encostada em cara, namoro completo mesmo.

Como sempre, o último a saber foi Zé. Andou ocupado o dia todo, nem ouviu as risadas dadas no Mercado por causa do "papagaio machão de Zé de Honorina". E apareceu lá em casa de noite para fazer uma visitinha e se inteirar das novidades.

— Como é, meu papagaio já aprendeu alguma coisa? — perguntou jovialmente à minha mulher, que estava sentada comigo na varanda.

— Já, já — disse ela. — Mas não foi a falar.

— Um assovio novo? Aprendeu o "Oh Suzana"?

— Receio que não — disse ela, depois de pensar um bocadinho. — Acho que só aprendeu o "Oh" mesmo.

— Mulher — disse eu —, deixe de ser chata e não fique pirraçando o Zé, diga logo a ele o que aconteceu.

— Eu não — disse ela. — Não quero me envolver nisso. Ainda agora eu passei por lá e o louro estava em nu frontal, aquilo lá está um escândalo.

Levei Zé para ver pessoalmente o caso. Com as cabeças juntas, os dois, interrompendo-se às vezes para cochichar, estavam comendo na mesma vasilha (deve ter sido influência de Roberto Carlos outra vez — aquele negócio de estar no motel e pedir o jantar). Mas, quando Ferreira viu o sogro, arregalou as pupilas, se arrepiou todo e foi para a beira do poleiro disposto ao combate, na clássica atitude "esta-mulher-é-minha-e-ninguém-tasca".

— Ninguém consegue tirar os dois do poleiro — expliquei a Zé. — Agora ele já me deixa chegar perto, mas só para botar comida. Se eu peço o pé a ele ou a ela, ele fica uma fera.

— Dê cá o pé, loura — disse Zé.

— Grrrrraaaaaak! — fez o louro, partindo para tentar tirar um pedaço do nariz de Zé.

— É — disse Zé, afastando-se enquanto o louro, já calmo, se aconchegava à loura e começava os cafunés outra vez. — Eu suponho que o certo é querer a felicidade dela. Acho que vou deixar ela aí mesmo, não serei eu quem vai desmanchar um casal.

— He-he-he — fez o louro. — Roberrrrto Carrrlos!

(04-05-86)

Como ganhamos o bicampeonato no Chile

Graças a Deus eu exerço uma profissão tida como artística, de cujos praticantes se espera com alguma benevolência um comportamento excêntrico, ou mesmo amalucado. Do contrário, já teriam descoberto que estou ficando broco. Aqui na ilha, onde se morre pouco e, por consequência, se fica muito velho, temos uma grande tradição em matéria de gente caduca, da qual, naturalmente, não escapa minha família — estando eu próprio aqui, broco, broco, não me deixando mentir. Acho ainda um pouco cedo, mas também pouca gente na família puxou pela cabeça como eu puxo, procurando esticar insensatamente a pouca massa cinzenta com que me contemplou a madrasta natureza em empresas impossíveis. Agora mesmo estou traduzindo, em esforço que me esquenta o crânio e me faz xingar a mim mesmo a cada instante (por que não escrevo como Simenon, todo certinho, e tenho de fazer aqueles períodos sesquipedais, com mais adjetivos do que discurso de paraninfo baiano, por que não tomo juízo e assino contratos desmiolados que me fazem conviver com aquele Websterzão de vinte quilos mais do que convivi com qualquer pessoa, inclusive minha ama de peito?), um livro meu enormíssimo, para inglês. Sou visto pelos passantes em passeios delirantes pelo cais da ilha, inconscientemente datilografando no ar e dando carreirinhas para casa para anotar um raio de uma palavra que não havia jeito de achar e que de repente me apareceu na cabeça. Às vezes não sei direito que língua estou falando ou escrevendo, a ponto de meu paciente editor, Dr. Sebastião Lacerda, haver telefonado para inquirir discretamente a minha santa esposa a respeito da possível necessidade de assistência psiquiátrica, já que eu lhe havia endereçado uma carta toda em inglês meio metido a elisabetano, sugerindo, também em inglês, correções para os abundantes solecismos cometidos em outra obra de minha lavra.

Acresça-se a tão lamentável situação a circunstância de que, se antes não me lembrava de nomes mas não esquecia caras, agora esqueço tudo. Se já não enxergava direito desde pequeno, agora sou obrigado a usar umas lentes complicadíssimas, que me fazem calcular mal a altura de batentes e soleiras e até mesmo as irregularidades do calçamento, dando-me um andar trôpego e ziguezagueado, que só reforça a injusta alegação de que eu bebo demais (nunca bebo dormindo e nunca bebo mais de uma coisa de cada vez, como fazia Mark Twain com seus charutos). Se já era por natureza distraído, agora me perco até aqui na cidadezinha mesmo e outro dia, dirigindo de noite, fui me bater em Ponta de Areia, a uns oito quilômetros de onde eu tinha certeza de que estava indo.

É batata. Na tenra idade de 45 anos, estou ficando broco e devo incorporar-me à vasta galeria de famosos brocos da família, dos quais meu favorito é minha avó Emília, que combatia holandeses em seu quarto de dormir e às vezes amansava gado brabo. A gente estava dormindo, no tempo em que a luz aqui na ilha apagava às dez horas (no veraneio, às onze, dia de festa, meia-noite) e aí vinha aquela barulheira lá do quarto de vó Emília: era ela combatendo os holandeses, ou senão laçando um diabo de um novilho chucro desgraçado.

— Tenha calma, Emília — dizia minha avó Pequena. — Já passou, já passou.

— Passou porque eu desci o cacete neles! — dizia ela, toda afogueada. — Aqui eles não invadem, comigo aqui holandês não invade aqui! Você precisava ver, Pequena, cada bicho grande danado, tudo louro, tudo fedendo a cebola, tudo branco que nem uma jia. Quando eu dou por mim, felizmente que eu tenho o sono leve, os miseráveis já vinham invadindo e a sorte foi que eu peguei a cadeira e taquei em cima deles, e eles só "Vanderdique! Vanderley! Vanderrague!", me xingando na língua deles, mas eu repelindo, não entrou um.

— Graças a Deus — dizia vó Pequena — que desta vez não foi aquela vaca braba que pulou na sua cama e quebrou o estrado.

— Olha o garrote! — gritava vó Emília. — Ê-boi!

Minha avó Senhorazinha também ficou caduca numa boa. Muito católica, cuidando praticamente sozinha da igrejinha de Nossa Senhora da Piedade, aqui pertinho de casa, ela deu para bater grandes papos com Sua Santidade Pio XII e uma vez a encontrei cansadíssima, porque tinha acabado de chegar de Roma a pé, numa peregrinação que só muita fé para a pessoa empreender. Segundo minha mãe, ela morreu muito feliz, se preparando para mais uma vez visitar o papa. Minha mãe, aliás, já treina para quando ficar caduca e me aconselha a ir praticando — tudo neste mundo requer uma certa prática. Segundo ela, é seguramente a melhor maneira de enfrentar a perspectiva da morte, ignorando-a solenemente, palestrando com Getúlio Vargas numa cadeira de balanço e ouvindo na Rádio Tupi, PRG-3, o programa de auditório de Paulo Gracindo.

Considerando-me ainda muito moço para morrer, antevejo um longo futuro de caduquice à minha frente. Não sei se terei escolha quanto ao tipo de caduco que deverei ser. Não tenho essa vontade toda de conversar com o papa e, para ser sincero, não nutro pelos holandeses o mesmo rancor que a maior parte dos meus conterrâneos, ainda magoados pela ocupação flamenga, quando eles pintaram e bordaram por aqui durante praticamente todo o ano de 1647, até que a bravura itaparicana e cada sermão retado do padre Vieira correram com eles daqui para fora debaixo de pau. Quanto a garrotes e bois brabos, falta-me a valentia de minha avó Emília, como, aliás, me falta a valentia das mulheres da família, que, como todo mundo na família sabe, sempre foram os homens da família. Tenho pensado no modelo velho debochado, desses ousados que beliscam as moças e contam mentiras fesceninas sobre seu passado de dissipação e luxúria. Acredito não me faltar uma certa vocação, mas receio que a rude mão do destino me faça presa de outro tipo de caduquice, talvez até um dos mais temidos aqui na ilha, que é o do velho que se recusa a tomar banho e põe a dentadura para morder os parentes que insistem em contrariá-lo — há diversos casos aqui, todos tristíssimos.

Sim, mas a propósito de que lhes conto isto? Olhando o título desta — como direi? — crônica, vejo que planejava contar-lhes sobre como a atenta e denodada colaboração de nossa família foi essencial para a conquista do cobiçado cetro de bicampeão mundial de futebol. Como todo velho broco, tenho minhas manias e uma delas é, ao contrário de todo mundo, botar o título antes de escrever. Mas aí, como todo velho broco, fui falando, fui falando — só porque queria explicar que não me lembrava se já tinha contado essa história da Copa, justamente porque estou broco — e me esqueci do assunto. Perdão, leitores, se ainda os tenho comigo. Outro dia eu conto essa história. Se até lá não me esquecer de tudo, é claro.

(11-05-86)

A PROBLEMÁTICA DA RADIOATIVIDADE

Como se sabe, não é bem que o itaparicano seja preguiçoso. Dizer que o itaparicano é preguiçoso revela uma personalidade superficial e leviana, que se deixa engabelar por meras aparências. De fato, como observou-me certa feita o aplaudido jornalista, escritor, compositor e *ladies' man* Nelson Motta, não nos caracterizamos pelo *speed*. Mas isto não se deve a que tenhamos a preguiça em nosso temperamento ou predisposição genética. Deve-se — toda pessoa com um mínimo de cultura está cansada de saber — à radioatividade aqui da ilha, que é muito intensa e afeta a gente desta forma lastimável, deixando todo mundo derreado e procurando quem lhe dê comida na boca, se possível molezinha, para não dar muito trabalho na mastigação.

Falo com conhecimento de causa, pois desde que cheguei a radioatividade me pegou e quase não tenho tido forças para ir jogar conversa fora no Mercado, como manda a tradição. Trabalhar, então, nem se fala, está uma dificuldade. Bem que eu tento, remoendo-me em autorrecriminação e negros remorsos porque não consigo me levantar da rede e considero assistir à televisão um insuportável esforço de concentração, mas não adianta. Lá pelo meio da manhã, achando que Deus vai me matar por tanta desídia e negligência de meus deveres, ergo-me cambaleante achando que vou trabalhar, mas acabo no jardim do Forte, sentado num banquinho, tomando fresca e bestando. Quando dou por mim, já é meio-dia, está mais que na hora de dar um pulinho ao largo da Quitanda, para apreciar o movimento, ler o jornal e tomar qualquer besteira da garrafa que o grande Zé de Honorina, que Deus o conserve, manda guardar para mim a preço de custo. Com a expressão sisuda e grave, eis o escritor meditando na praça. Que profundos pensamentos não estará tendo, talvez até fazendo emergir penosamente do inconsciente personagens abissais? Em verdade lhes digo, eu estava tendo três pensamentos, *verbi gratia*, se o almoço hoje era a moqueca do vermelhinho que comprei na mão de Cacheado; se meu boné mexicano estava impressionando bem as moças; que estava com preguiça de ler o jornal.

Fiquei entretido com esses pensamentos e com o copinho (copinho, não, copão, um copão desses de queijo — Zé me trata bem) até a hora do almoço, por sinal que belos vermelhinhos. Depois do almoço, que fazer senão dormir? E, depois de dormir, que fazer senão ir ao largo outra vez para esticar as pernas e comentar as novidades? Vida exemplar de itaparicano legítimo e, no entanto, a felicidade não pode ser completa. Os remorsos atacam e fico com vergonha de minha mulher. Nisto, admito que traio o código de ética vigente entre meus conterrâneos, deve ser minha mestiçagem com o povo do sertão. Pois o verdadeiro itaparicano não se deixa morder por remorsos vãos e descabidos, e muito menos vai ter vergonha da mulher por uma coisa que ele sabe que é culpa da radioatividade. Pelo contrário, uma mulher de verdade, quando vê o marido nessa triste condição, deve é trabalhar para botar a comida dentro de casa, inclusive porque ninguém ignora que a mulher é menos afetada pela radioatividade do que o homem, até nisso ela leva vantagem.

Mas eu não. Eu fico com vergonha. No começo, tentei alguns truques para disfarçar, mas nenhum deu certo. Da primeira vez, contei umas mentirinhas enfeitadas a respeito de como o escritor na realidade trabalha o tempo todo, mesmo quando, aparentemente, está vagabundando.

— Pode ir dormir, querido — disse ela. — Eu já armei a rede.

Da segunda vez, abri o jogo, não se deve ter acanhamento de nenhuma doença, ainda mais na intimidade do matrimônio. Falei a ela com eloquência sobre a radioatividade, contei casos e mais casos sobre suas muitas vítimas, terminei com a revelação patética: eu também estava com radioatividade.

— Pode ir dormir, querido — disse ela. — Faz mais de quatro horas que você não tira um cochilo.

Essa situação não pode continuar, homem que é homem não pode ficar de crista baixa dentro de casa, com vergonha da mulher. Fui me aconselhar com Cuiúba, que nunca saiu aqui da ilha e conhece muito bem o problema da radioatividade.

— Se conheço? — disse ele. — Se conheço? Eu mesmo sofro, lá em casa eu e os meninos sofremos, só quem não sofre é Vitalina.

— Pois é. Mas aí eu não faço nada e fico com vergonha de minha mulher.

— Fica o quê?

— Com vergonha de minha mulher.

— Só tem um caso — disse ele, com um olhar alarmado. — Só tem um caso de homem ficar com vergonha de mulher, e esse caso... Esse caso... Na sua idade? Que diabo você andou bebendo no Rio de Janeiro? Que é que você andou fazendo no México?

— Não, que é isso, eu fico com vergonha é de não estar trabalhando, por causa da radioatividade.

— Ô, e vai ter vergonha de doença? Tem nada de vergonha, sô, é uma fatalidade! Por que então ela não vai trabalhar? Ela não faz nada, fica ali só cuidando das crianças, da cozinha, da arrumação e dessas besteiras de mulher mesmo, podia muito bem trabalhar. Mulher raramente sofre de radioatividade, sabia? Não pega nelas, até nisso elas dão sorte. Como é que Vitalina ia costurar para fora, se sofresse de radioatividade? A sua costura para fora?

— Não.

— Olhe aí, já viu? E por que não costura?

— Não sei, ela simplesmente não costura, nunca perguntei.

— É isso que dá, são seus carioquismos. Então o pobre do marido — que sempre teve problema com trabalho, por isso que foi ser escritor, para não fazer nada — pega a radioatividade e a mulher fica em casa de papo pro ar, como se não fosse nem com ela? Está direito isso? E você ainda fica com vergonha? Quem devia estar com vergonha era ela, podendo costurar para fora para lhe auxiliar nesta hora dolorosa.

Cheguei em casa cheio de brios, nada como um amigo sábio para pôr as coisas em seus devidos lugares. Já entrei de discurso engatilhado, pronto para proferi-lo dando tapas na máquina de costura, mas, quando procurei a mulher, não a encontrei. Procurei mais, fui achá-la dormindo no quarto.

— Mulher! — gritei escandalizado. — Você aí dormindo e eu aqui pensando em lhe arranjar uma ocupação! Que vergonha, você precisa escolher uma ocupação, isto assim não está direito!

— Mas eu já escolhi, querido — disse ela.

— E pode-se saber qual?

— Escritor, como você — disse ela, virando-se para o outro lado. — Apague a luz, por favor.

(27-07-86)

A ilha na vanguarda da gastronomia

Em matéria de comida, os itaparicanos podem afirmar que se encontram entre os maiores pioneiros e exploradores das fronteiras gastronômicas. Inclusive em relação a carne de gente. Não chegamos a comer um bispo, como os caetés parentes meus pelo lado de meu pai (tenho antropófagos ancestrais dos dois lados da família, comigo é assim), mas em compensação comemos um importantíssimo fidalgo, nada mais nada menos do que Dão Francisco Pereira Coutinho, o próprio donatário da capitania da Bahia, que naufragou por aqui faz já bastante tempo. Esse é o caso mais famoso, mas todo mundo sabe que, até por volta do fim do século XVII, a gente já tinha comido grande número de portugueses, boas quantidades de holandeses, alguns franceses selecionados, um ou dois ingleses, vários espanhóis e assim por diante.

Hoje em dia, não comemos mais carne de gente, mas demonstramos nosso valor culinário de diversas outras formas, como me ocorreu ao chegar ao Mercado às seis da manhã para trocar ideias e ver o peixe, e encontrar Cacheado apontando com o beiço para o mourão de uma barraca de verdura ainda fechada.

— Espie ali — disse ele. — Olha o que amarraram ali.

Espiei, vi um sariguê, aparentemente resignado e composto, que alguém havia atado ao mourão. Não cheguei muito perto, porque, em primeiro lugar, sariguê morde e com toda a certeza cada dentadinha dele transmite peste bubônica, leptospirose, tifo, hepatite, herpes genital, cólera-morbo e encefalite, de maneira que o melhor é evitar aproximações. Em segundo lugar, o sariguê não é propriamente um bichinho aconchegante, como sabe quem tem galinheiro e já pegou o miserável ensandecido entre as pobres galinhas, matando a torto e a direito como quem quer experimentar um pedacinho de todas elas ao mesmo tempo, coberto de sangue e penas e fazendo umas caras junto das quais o Drácula pareceria o garoto-propaganda de uma pasta de dentes. Além disso, fede bastante e realmente não inspira muita afeição.

— Esse sariguê tem dono? — perguntei.

— Naturalmente que tem — respondeu Cacheado. — Tudo o que está amarrado tem dono.

— Grande verdade — disse eu. — E quem será o dono dele?

— Daqui a pouco ele aparece.

Lá pelas seis e meia, ele apareceu. A discussão a respeito do sariguê já ia longe. Tratava-se de uma polêmica entre os que comem sariguê e os que não comem, com uma subpolêmica, entre os que comem, a respeito de diversas maneiras de preparo e das inúmeras qualidades gustativas do sariguê, que, por sinal, para quem estava sendo debatido como comida, exibia extraordinária calma.

— É você que é o dono?

— Sou.

— Pegou como?

— Garrei de noite.

— Vai comer?

— Oxente, e não é pra comer, não?

— Vai comer de quê?

— Ensopado.

— Deixa de ser besta, rapaz, o melhor é de moqueca. Já comeu de moqueca?

— Moqueca o quê, sô! Assado!

— Ensopado.
— No espeto, no espeto, temperado com sal grosso!
— Quanto quer no sariguê, pra eu fazer uma moqueca?
— Não é pra vender, é desejo meu. Quando eu vejo um sariguê, me dá desejo.
— Bom, se é desejo, o melhor é satisfazer, pra não dar doença. Mas eu ainda acho que moqueca é melhor.
— Não, comigo é ensopado, ensopadinho, melhor do que franguinho novo.
— Como de fato — concordou gravemente o que havia feito a oferta de compra, enquanto o dono do sariguê o pegava para levá-lo à rampa do cais e lá cortar-lhe o pescoço como quem passa a faca num quiabo, aproveitando a água do mar para lavar a carcaça.
— Coitado do bicho — disse eu a Cuiúba, sem olhar para a execução do sariguê.
— Coitado por quê? — indignou-se Cuiúba. — Eu não sei o que você andou fazendo lá no México, foi alguma coisa que só piorou os seus carioquismos! Coitado por quê? Você já viu o que ele faz no galinheiro matando só por perversidade, roubando ovo, pintando os canecos? E só não pega gente porque é pequeno, senão pegava!
— É, mas assim mesmo...
— Você não come carne, não? E então? E o boizinho, coitado, e o porquinho, pobrezinho, e...
— Bem, é verdade, você tem razão, mas comer sariguê...
— E o que é que tem? Não foi você mesmo que já me contou, lambendo os beiços que parecia que era grande coisa, que gostava de comer lesma francesa e cogumelo, não foi você mesmo?
— Sim, mas é diferente. Esse caracol francês...
— É porque é francês, eu sei, todo perfumadinho e criado na safadagem. Agora, o sariguê, que é nacional...

— É, Cuiúba, você tem razão outra vez, você está cada dia melhor filósofo. De fato, é uma questão de preconceito. Outro dia, eu li num almanaque que tem um inglês que já comeu um pedacinho de tudo quanto é bicho, é o recordista mundial, já comeu todos que você imaginar.

— É, mas esse inglês está no almanaque só porque é inglês. Se fosse itaparicano, não estava, porque tenho certeza de que Sergipe do Alto já comeu muito mais bichos do que esse inglês. De todos os bichos que o inglês comeu, possa ser que Sergipe não tenha comido leão, tigre, águia e outros bichos ingleses, porque aqui não tem. Se tivesse, Sergipe comia.

— Eu não conheço esse Sergipe.

— Ele sempre aparece aqui, mais tarde um pouco. Sergipe lhe dá o gosto e a maneira de preparo de qualquer bicho, qualquer um!

— Urubu?

— Diversos! Muitos! Tem que castigar no limão e cozinhar até não poder mais e assim mesmo sempre fica um pouco duro, ele não gosta muito.

— Morcego?

— Ora, ora! De xinxim! Tira os quartos, tempera, junta o camarão seco, refoga com cebola e cheiro-verde no dendê...

— Tanajura?

— Essa todo mundo come, mas ele faz pastel.

— Pastel de tanajura, sim senhor — disse uma voz fraquinha atrás de mim.

— Sergipe é esse aí — disse Cuiúba, me mostrando o dono da voz. — Não morre mais.

Sergipe confirmou a história de Cuiúba e discorreu longamente sobre as jiboias, gafanhotos, raposas, tatus, calangos, lagartixas, gaivotas, pardais, borboletas e muitos outros bichos que já havia comido e mais comeria, Deus ajudando. Fiquei muito impressionado.

— Mas carne de gente você nunca comeu, não, comeu?

— Não — respondeu ele.

— E comeria?

— Bem — disse ele, parando um pouco para pensar —, vamos dizer que o holandês invadisse aqui novamente, aí, dependendo, eu acho que era homem de experimentar um.

— Era mesmo?

— Era — falou ele, com um ar quase nostálgico e o tom de voz de quem lamenta uma funda frustração. — Mas hoje não se invade mais, antigamente é que era bom, um holandês gordinho daqueles, hem?

(03-08-86)

A BOA ARTE DE FURTAR GALINHAS E SOCORRER PORCOS

Nunca fui dos melhores ladrões de galinha aqui da ilha, mais por incompetência do que por falta de vocação. Na verdade, não fosse o meu reconhecido talento de cozinheiro (eu fazia excelentes molhos pardos das galinhas roubadas, num fogareirinho que a gente arrumava no jardim do Forte), talvez tivesse sido excluído da confraria dos ladrões de galinha. Não, coragem eu tinha, eu não sabia era pegar as galinhas, nem muito menos aplicar a técnica do esparadrapo, desenvolvida por Marquinhos de Edna, e Gibi. De acordo com a técnica do esparadrapo, você deve pegar a galinha e, antes que ela possa fazer có-có-có, tacar um esparadrapo no bico dela e outro em torno das asas, de modo que, colocada rapidamente num saco, ela não faça aquela barulhada toda que galinha gosta de fazer. Eu não acertava e, uma vez, roubando umas galinhas de minha avó Pequena na companhia de Edinho Abelha, me esparadrapei todo na galinha, que ficou nervosíssima e me fez desenrolar completamente o rolo de esparadrapo, com a consequência que tivemos de pular o muro juntos, parecendo a múmia de Tutancâmon carregando um peru da Sadia. E não foi possível comer a miserável, porque, ao chegarmos, ela foi logo diagnosticada como choca, que não serve para comer. Debaixo de dichotes, chistes, verrinas e ofensas generalizadas, fui obrigado a devolver a galinha aos ovos dela depois de me desesparadrapar — o que não foi fácil, como qualquer um que já tentou se desesparadrapar de uma galinha poderá testemunhar.

É bem verdade que não fui o único a passar vexame nesse setor. A vida do ladrão de galinhas é cheia de imprevistos e ninguém está livre de um percalço ou outro. Edinho Abelha mesmo, reconhecidamente um dos nossos mais técnicos e competentes ladrões de galinha (embora inescrupuloso, não respeitava cara; para dar só um exemplo, ele foi capaz de roubar o peru da própria tia — tem gente que acha que aí ele se excedeu, roubar o peru da própria tia não se faz), uma vez tomou umas e foi buscar uns franguinhos para tira-gosto no galinheiro de finado Almiro, tendo porém sucumbido ao álcool e dormido debaixo do poleiro. Só acordou já manhã alta, com as galinhas ciscando em torno dele e o galo revelando seu desprezo através da aplicação de vasta camada de titica de galo na cabeça dele (aliás, o resto dele também não estava bem, dormir debaixo de poleiro de galinha é sempre arriscado, porque elas não saem para ir ao banheiro). À porta do galinheiro, finado Almiro indignado e Ioiô Saldanha, pai de Abelha, ainda mais indignado.

— Vai tomar uma surra de cipó-caboclo, descarado! — gritou Ioiô, entrando no galinheiro e descendo a primeira lapada no lombo de Abelha.

— Que é isso, pai? Ai! O senhor também roubava galinha no seu tempo!

— Roubava, mas nunca me pegaram! Descarado! Vergonha da família, moleque safado!

Na verdade, na verdade, ficha perfeita como ladrão de galinha só tem aqui na ilha é Carlinhos de Bebete, hoje rico milionário da venda de carros usados a viúvas do interior, que só toma banho com sabonete francês, só come de queijo de cuia pra cima, só bebe Natu Nobilis legítimo e só anda na turma de Gugu Galo Ruço e outros ricos milionários, todos em lanchas moderníssimas e cercados pelo mulherio tarado que eles mandam buscar na Guanabara e até em Assunção. Carlinhos, aliás, tem uma vida que daria um romance, como me ocorreu outro dia, quando me mostraram, no bar de Espanha, uma fotografia de carnavais passados em que ele, muito faceiro, aparecia de biquíni, torso de baiana e balangandãs. Depois eu investigo e conto a vocês, embora reservadamente, porque não sei se Bebete conhece esses detalhes da vida pregressa do marido e não estou aqui para dedurar ninguém.

Como ladrão de galinhas, contudo, é do conhecimento público que Carlinhos teve uma carreira exemplar, aplicando golpe em cima de golpe com êxito sem precedentes. Foi Carlinhos mesmo quem roubou, na companhia do mencionado Edinho Abelha e de outros membros da então florescente Escola Filosófica do Sorriso de Desdém, as galinhas de Lavínia de Bertinho. Rumorosíssimo caso, porque Lavínia subiu nas paredes e obrigou Bertinho a dar queixa na polícia. Mas não é assim que, com o toque de gênio que sempre o caracterizou, Carlinhos de Bebete promoveu festiva galinhada em seu sítio (regada a King's Archer; nesse tempo ele ainda não estava nadando em ouro como hoje) e convidou Lavínia, Bertinho e o delegado de polícia, entre outras pessoas gradas em nossa coletividade. Encerrando as festividades, agradeceu, em curto mas sentido improviso, a cessão das excelentes galinhas de Lavínia. Falou tão bonito que provocou lágrimas de emoção nos presentes e Bertinho retirou a queixa, para grande alívio do delegado, que sozinho tinha comido uma galinha ilegal inteira.

A única ocasião em que ele se deu mal foi quando extrapolou, ou seja, saiu de sua especialidade e entrou no domínio suíno, atropelando o porco de Sete Ratos. Atropelou o porcão, parou o carro, botou o bicho na mala e foi para o sítio providenciar os pernis, o sarapatel e outros grandes produtos da porcalidade. Sete Ratos soube, foi lá.

— Carlinhos, eu soube que você atropelou meu porco.

— De fato, de fato, foi uma fatalidade. Ele saiu do acostamento correndo, não pude evitar. Mas a culpa é sua, que deixou seu porco solto pela estrada, é proibido.

— É, de fato é. Mas você carregou ele na mala do carro.

— Carreguei, não! Eu fui dar socorro! Parei o carro para dar socorro ao porco e aí botei ele na mala, mas ele faleceu antes de poder receber cuidados médicos. Aí...

Sete Ratos me contou que não deu o braço a torcer, o bom cabrito não berra. Aceitou o convite para o sarapatel, elogiou o tempero, levou para casa um assadinho de bom tamanho e ainda as orelhas e os pés para a feijoada. Mas se vingou.

— Que é que você fez, Sete Ratos?

— Ah, eu descontei. Eu esperei e descontei. Um belo dia, no verão, ele me encomendou uma arraia grande, para fazer uma moqueca em homenagem a uns amigos dele turistas. Aí eu mandei uma arraia mijona.

— O quê?

— Uma arraia mijona. Você já sentiu o cheirinho que sai dela na hora em que você mete o garfo nela? Não deve ter ficado ninguém na sala!

— E ele não se aborreceu, não?

— Aborreceu. Veio aqui me tirar pergunta. Mas eu disse a ele que, do mesmo jeito que ele quis me homenagear com o sarapatel feito de meu porco atropelado, eu quis homenagear ele com aquela arraia, ajudar ele a fazer figura com os turistas.

— Como assim?

— Assim os turistas sentiram o mesmo cheirinho que vão sentir atrás das barracas na festa da Conceição da Praia. É ou não é uma homenagem?

(10-08-86)

Noble na peixarada

Eu era menino pequeno, mas me lembro muito bem. Estrondo por trás dos costados da Fortaleza de São Lourenço, rebuliço perto da ponte, Vavá Paparrão chegando esbaforido, de calção e todo molhado.

— Dá licença, esse menino, que os homens estão atrás de mim! — esclarecia ele, embarafustando pelo portão da casa de meu avô e se escondendo lá dentro.

Vavá Paparrão, famoso em todo o Recôncavo, homem que, entre outras coisas, já foi jagunço nesta encarnação e combatente contra os holandeses na outra (cansou de ouvir o padre Vieira fazendo sermões na catedral, diz que era cada bela frase de arrepiar, só assistindo pessoalmente para ter ideia), havia soltado mais uma bomba de peixe em cima de uma manta de tainhas no canal, tendo as autoridades, lamentavelmente, impedido que ele completasse a pescaria, objetivando agora levá-lo em cana. Minha avó, que não concordava com pesca de bomba mas gostava de Paparrão, xingava ele todo de descarado para baixo e mandava que ele se socasse num quartinho que havia nos fundos, no meio dos cachos de dendê. A cana vinha, mas nem cogitava em querer entrar. Nem perguntava nada, aliás, porque sabia que meu avô compareceria indignado ao portão e a receberia ribombantemente, com as duas palavrinhas que ele considerava suficientes para a ocasião.

— Me respeitem! — trovejava ele e, sem se dignar a maiores esclarecimentos, virava altivamente as costas para continuar escrevendo seus artigos lá dentro (meu avô era coronel — não de patente, mas coronel do interior mesmo — e sua coronelidade era muito levada a sério).

Hoje em dia, completamente regenerado e entregue à administração de uma próspera oficina de marcenaria, Paparrão não dorme mais junto dos cachos de dendê. Ainda se solta uma bombinha aqui e acolá, mas nada como antigamente. Há um desgosto generalizado quanto a esta situação, que piorou mais ainda depois de 1964, na época dos sequestros e atentados, por causa do controle muito rigoroso dos explosivos. O anticomunismo de certos setores do mercado é até hoje bastante rancoroso por causa disso.

— Camunistas descarados! — me disse Grande, com bile na alma. — Por causa desses camunistas safados, querendo soltar bomba em gente em vez de no peixe, hoje a coisa mais difícil é a pessoa arranjar uma noble. Agora, lá na Rússia eles pescam de noble, que camunista não é de dar colher de chá a gente, quanto mais a peixe. Aqui é que fica essa descaração. Isso é governo?

A palavra "noble", tão presente no pronunciamento político de Grande, é referência a Alfred Nobel, que, como se sabe, inventou não só os prêmios como a dinamite, principal componente da bombinha de peixe, cujos cartuchos continuam levando o nome do inventor. A noble, na verdade, é uma vocação forte e arraigada em seus praticantes, uma coisa meio doida, semelhante a comer baiacu, peixe venenoso mas tido como preciosa iguaria, embora de vez em quando mate uns dois ou três, às vezes famílias inteiras. (Zé de Honorina, que já foi grande comedor de baiacu, me explicou que, hoje em dia, só come do que sobrou de ontem; ele olha o pessoal que comeu, belisca para ver se não se trata de assombração e só come porque, se alguém tivesse de morrer, tinha morrido horas depois do almoço, baiacu é rápido e caceteiro.) Pescador de bomba não se conforma com qualquer outro tipo de pescaria, tem argumentos intermináveis para provar que pescar de bomba não prejudica a oferta do peixe no mar e, quando pode, solta uma bombinha. (Como diz o mencionado Zé de Honorina, prostituta, ladrão e bombeiro de peixe nunca se recuperam, morrem como nasceram; só que ele não diz bem "prostituta", ele usa outra palavra, que no momento me escapa.) Sete Ratos, que é macho mesmo — come baiacu e já pescou muito de bomba —, me acha abestalhado porque eu sou contra.

— Se o senhor pescar de bomba, nunca mais vai querer pescar de outro jeito. O senhor não diz que, depois do computador, não acerta mais a escrever na máquina? Pois é a mesma coisa, o sujeito que pesca de bomba nunca mais quer pescar de outro jeito, é a verdadeira pesca do homem. Que beleza, tocaia o peixe, arrodeia, prepara a pamonha, morde a espoleta e — cataprum! Pau! Tabuf-tabuf-tabuf, uns quatro tiros, um na frente, outros atrás, outro pelo meio, aí é que se vê peixe, pescaria de verdade é assim!

— Mas acaba o peixe, Sete Ratos, mata peixe de tudo que é tamanho, prejudica.

— Não prejudica nada, isso é mentira científica! O que prejudica são essas redes de malha fina, que o sujeito traz para cá balaios e mais balaios de peixe pouquinho maior do que piolho, isso é o que prejudica. Mas, pela arte da bomba, o peixe não fica prejudicado, o jeito da gente largar a bomba tem arte. Tanto assim que antigamente, quando se jogava bomba, tinha mais peixe do que hoje, tinha ou não tinha?

— Bem, tinha. Mas, além disso, é perigoso. De vez em quando a bomba explode na mão de um.

— Bom, isso faz parte, tudo na vida é perigoso. Eu mesmo já vi muita desgraça, mas não é por isso que eu vou dizer que a bomba é ruim. A pessoa que compreende a bomba não vai desistir por causa disso, isso faz parte, a pessoa está sabendo que faz parte. O senhor conhece o barbeiro aí, não conhece, aquele do bigodinho, todo quietinho, todo calmo, todo fala mansa?

— Conheço. Só não corto cabelo com ele porque, toda vez que vou lá, ele diz que vai tomar café.

— É, ele é assim, ele gosta de ficar tomando café bem devagarzinho e olhando a pessoa esperar ele, é mania dele, ele faz isso com todo mundo, não ligue não. Mas ele tem um caso interessante de bomba, quando ele foi pescar na canoa com um compadre. O compadre mordeu a espoleta, acendeu o pavio, mas não sei o que ele fez que a bomba pipocou na cara dele. Foi pedaço de compadre pra tudo quanto foi lado e ele, que por sorte dele estava na outra ponta da canoa, também tomou um trompaço desgraçado, ficou com zumbeira nos ouvidos e tontura não sei quantos dias. Mas, mesmo assim, passou a manhã toda catando os pedacinhos do compadre pra levar para a família. Agora vá lá e pergunte a ele se não quer largar uma bombinha com o senhor, para ver se ele não fecha a tenda e não sai na mesma hora, isso não abala o homem que pesca de bomba.

— Não acredito. Como é que um sujeito vê um negócio desses e ainda tem coragem de...

— Besteira, doutor, faz parte! Chegue aqui perto para eu lhe falar mais baixo, porque não posso falar alto, para não parecer que eu estou dedurando ele, mas o senhor conhece um rapaz da Encarnação por nome Toquinho?

— Não.

— É, se conhecesse, ficava mais fácil de compreender. É o seguinte, ele é bombeiro e é o maior fornecedor de peixe de lá. Mas não tem um braço e não tem a mão do outro, perdeu com uma bomba.

— Ué, e como é que ele pesca?
— Segurando a bomba com a boca e o toquinho. Por isso que chamam ele de Toquinho. O verdadeiro pescador de bomba é assim, é a melhor pescaria que existe.

(12-10-86)

Alô, massa tijucana!

Hoje já desisti, mas parte considerável de minha existência foi dedicada a tentar gostar de brincar carnaval. Minha comadre Petúnia, que entende dessas coisas, me explicou que tudo é trauma de infância. Deve ser porque só consigo é ir ficando triste, ficando triste e aí volto para casa, numa melancolia besta que a mim mesmo me irrita. E já fiz mesmo de tudo para gostar, desde sair de mulher até integrar uma batucada (caí fora logo antes do desfile, alegando dor de barriga ao diretor da bateria, que nunca me perdoou, eis que, modéstia à parte, meu tarol fazia falta).

Se eu já não fosse bastante crescido na ocasião, talvez pudesse atribuir o trauma ao sucedido quando saí de mulher. Não sei se já contei isto (estou convicto de que a esclerose marcha a passos largos pelo meu juízo adentro; antigamente, eu me esquecia dos nomes, mas lembrava das caras, agora não me lembro nem de caras nem de nomes, e "você já me contou" é uma das frases que mais tenho ouvido ultimamente, um dia destes me interno numa clínica geriátrica). Eu saí de mulher na companhia de meu primo Luiz Eduardo, coisa caprichadíssima porque todas as mulheres da família — e botem família nisso, porque eu sou do Norte e aqui pode faltar tudo, menos família — resolveram ajudar, cada uma dando um toque extra. Até calcinha — que na Bahia se chama "calçola" — elas arranjaram, embora eu, voto vencido, tenha alegado achar um certo exagero nisso (e de fato os babados me espetaram todo; como tudo na vida, esse negócio de usar calcinha requer prática). A produção, inclusive, não foi fácil, porque Luiz Eduardo sempre foi meio fortinho e, se bem me lembro, minha prima Mercezinha quebrou o galho tomando emprestado um calçolão de Dona Zazá, saudosa vizinha nossa, que Deus a tenha.

O carnaval aqui na ilha nunca foi dos mais animados, mas nós fizemos um bloco de "mulheres" em companhia de outros cafajestes e saímos pela ilha mascarados, eu meio sem graça, já ficando triste e com a calçola me espetando, mas firme ali, na convicção de que não gostar de brincar carnaval era uma grave anormalidade. Aí Luiz e eu resolvemos mexer com meu tio-avô — e avô dele — Zé Paulo. O velho estava na varanda da chácara e nós, fazendo aquela vozinha de careta, ficamos dizendo umas bobagens de que nem me lembro mais. Ele pareceu muito divertido com aquilo tudo, deu umas risadas e, quando cheguei mais perto, meteu a mão debaixo de minha saia e o beliscão só não pegou porque eu pulei.

— Que é isso, meu tio, sou eu!

— He-he! — fez ele. — Você, hem? Quem diria, muito jeitosa, muito jeitosinha!

Achei a experiência um fracasso, devolvi todo o equipamento feminino, inclusive a maldita calçola de babados, e encerrei minha carreira de sair de mulher. Não encerrei, contudo, as tentativas carnavalescas, entre as quais as mais acachapantes foram as dos bailes. Meu ciclo de bailes durou até muito tempo, porque sempre alguém me convencia de que desta vez ia ser uma beleza. Naquele tempo, imagino que por causa dos lança-perfumes, era meio moda brincar com uma toalha pequena pendurada no pescoço. Eu, que só cheirei lança-perfume uma vez e quase morro, também usava a toalha, mas era porque não sabia pular direito e aí imitava o estilo dos caras que saíam dando uns passinhos curtos e segurando a toalha com ambas as mãos. Deve ter gente que até hoje se lembre, no Bahiano de Tênis ou na

Associação Atlética, clubes de meu bairro em Salvador, de um indivíduo de aparência meio fantasma da ópera e sorriso apalermado, dando uns pulinhos chochos para lá e para cá em torno do salão, segurando as duas pontas de uma toalha no pescoço. Isso, até que começava a ficar triste etc. etc.

Mulher, então, nem se fala. Bem verdade que, nessa época, os bailes não eram os últimos dias de Pompeia como hoje, mas se namorava bastante. Não eu. Ou meus amigos levavam para brincar comigo a amiga de uma namorada — normalmente uma gordinha de Irará meio zarolha e com um dentinho furadinho, mas de grande personalidade — ou eu não conseguia fazer o que todo mundo conseguia, ou seja, "apanhar" uma moça que estivesse pulando sozinha no salão apenas levantando os braços na direção dela e me aproximando. Bem que eu tentava, mas acho que tenho o recorde mais perfeito de todos os frequentadores de bailes: nunca funcionou, nem uma vezinha só. Hoje, fazendo autocrítica, acho que era porque minha cara era tão sem graça que a moça se assustava. Aí eu zanzava ali pelo baile, ia ficando triste, ficando triste etc. etc.

Enfim, sempre foi assim, e terminei, como já disse, desistindo resignado. Mas o carnaval não me deixa com essa facilidade toda e aí — honra das honras, distinção das distinções, emoção das emoções — a gloriosa Império da Tijuca resolve transformar um livro meu em seu enredo para este ano. E — vergonha das vergonhas, ignorância das ignorâncias, burrice das burrices — a verdade é que eu nunca vi um desfile de escolas de samba. É o que estou lhes dizendo, nunca vi, a não ser na televisão, é claro, e na televisão não vale, é o que todo mundo me diz e eu acredito. Mas o que sei é suficiente para me sentir coberto de glória e até minha mulher diz que ultimamente eu tenho andado meio metido a besta.

E aí, meus caros amigos, chegou aqui à ilha a fita com o samba-enredo, de autoria de um tremendo quinteto que, novamente por ignorância, não conheço, mas tem de ser um tremendíssimo quinteto, não só pelo samba como pelos nomes: Pedrinho da Flor, Baster, Belandi, Marinho da Muda e J. Quadrado! Que samba, meus caros amigos! Emoção no bar de Espanha! Lágrimas no largo da Quitanda! A ilha na Avenida, Itaparica em apoteose! No armazém de Inocêncio, situado em pleno coração do Mercado Municipal, a repetidíssima execução do samba foi acompanhada de comentários arrebatados:

— Arrupêio! Tá me dando um arrupêio! Na hora do ô-ô-ô-ô, me dá um arrupêio no espinhaço todo!

— Cacete neles! Este ano esse primeiro lugar é nosso!

— Meu pandeiro, vá pegar meu pandeiro que eu quero acompanhar!

— Mande tirar uma xoroca dessa letra, que eu vou botar num quadro!

A conjuntura econômica, no momento um pouco desfavorável à nossa população, impedirá que Itaparica compareça em massa ao desfile, a fim de garantir nosso primeiro lugar, nem que seja no tapa, como querem os mais exaltados, lembrando que, se já baixamos o porrete em holandeses, portugueses, paraguaios e quem mais se meteu a besta conosco, não será por falta de disposição que vamos permitir que a nossa escola sofra alguma injustiça — e qualquer coisa que não o primeiro lugar é uma gravíssima injustiça. Mas as forças espirituais da ilha estarão ao lado do invencível Grêmio Recreativo Escola de Samba Educativa Império da Tijuca. Ontem mesmo, eu estava em casa tocando o samba "só mais esta vezinha", quando ouvi algumas vozes conterrâneas no portão e Dona Alzira veio me chamar.

— Está aí fora um pessoal de Amoreiras que diz que é a massa tijucana, pedindo para o senhor ir tocar a fita do samba lá no largo, que o negócio já está esquentando.

— Mulher! — disse eu. — Traga aí meu atabaque, que eu já estou de saída para o pagode com a massa tijucana! Ô-ô-ô-ô-ô, ô-ô-ô-ô-ô!

(14-12-86)

Mistérios da produção e do consumo

Em matéria de consumo, eu devo ser a vergonha do Brasil. Costumo passar grandes embaraços em viagens internacionais, diante dos outros brasileiros, porque não consigo me interessar por vitrines, não sei onde fica a loja que vende mais barato a brasileiros, desconheço os macetes para trazer videocassetes e não tenho a menor informação sobre o *free shop* de Amsterdã, onde, aliás, a bem da verdade, nunca estive. No âmbito interno, sou ainda pior: não tenho cartão de crédito, fico nervoso quando alguém menciona prestações, não conheço nem marca de carro nem de relógio nem de som nem de nada, e meu guarda-roupa faz Carlitos parecer um dos dez mais elegantes. Tenho tentado emendar-me, mas não adianta.

No entanto, faço cá o meu consumo. Por exemplo, devido a certos excessos da natureza aqui na ilha, sou obrigado a comprar umas latinhas de inseticida. Não gosto de matar bicho nenhum, nem inseto, mas quando chega ao ponto de a gente não poder abrir um açucareiro sem ser soterrado por formigonas enlouquecidas, ter a casa ameaçada de afundamento por causa das saúvas cavando por debaixo, achar, pelos gritos, que a mulher da gente está sendo estrangulada, quando na verdade se trata de duas baratonas no banheiro, e de vez em quando dar de cara com um besouro destamanho, mestiço de dinossauro, a gente vai e compra inseticida.

Aí, naturalmente, compramos desses sprays que não são muito venenosos, à base de ácido crisantêmico, de fato barra-pesada para insetos, répteis, peixes etc., mas em gente só causam irritação das mucosas. Quer dizer, isto se não forem cheirados abundantemente num lenço ou bebidos em boa quantidade. Dirão os prezados amigos: mas só um maluco beberia inseticida. E eu responderia: ledo engano. Ao que parece, a intenção do fabricante é precisamente esta. Para que vocês não pensem que é mentira, eu digo logo o nome do inseticida: Aerofon. Nunca o tinha usado antes, mas olhei o rótulo e, como era o único do tipo que eu queria, levei três embalagens para casa.

Pois muito bem, pois esse inseticida apresentava uma tremenda novidade: tinha cheiro de laranja, igualzinho a esses tangues e quissucos da vida. Não sei se o gosto era de laranja, mas o cheiro das três latas era, a ponto de todo mundo acabar meio enjoado, depois da aplicação do inseticida, como se houvesse bebido uma jarra de tangues ou quissucos. Agora, por que diabo um inseticida vem com cheiro de laranja, parecendo refrigerante? Não sei, mas, entre outras coisas, posso sugerir uma: para analfabeto botar num copo d'água, misturar bem misturadinho e beber. Ou para criança achar no armário, cheirar e até beber direto da válvula, crente que é a laranjadinha que a mamãe escondeu.

Não adianta dizer que isso não acontece, porque acontece. Tem gente no interior que não conhece nem dinheiro, quanto mais rótulo de qualquer coisa. Vai pela aparência (existem aerossóis de coisas que se podem comer), pelo cheiro, pelo gosto, por analogia etc. Mas vai ver que faltou o cheiro de inseticida mesmo que eles botavam antes (ou será que sempre teve cheiro de laranja e todo mundo acha ótimo? nunca se sabe) e aí eles botaram sabor laranja. Talvez seja um teste de marketing, quem sabe. Quem sabe estão planejando lançar organofosforados com sabor moranguinho, dedetê cereja e rotenona limão? Como teste para essas coisas, o Nordeste é ótimo, porque nordestino está mesmo acostumado a beber qualquer coisa (até terremoto nordestino já conseguiu, o que é que esse povo não consegue?) e, se morrer, mais vinte mil, menos trinta mil, ninguém dá pela falta, serve até de controle populacional, para o pessoal que quer instituir passaporte interno para nordestinos não ficar preocupado com a sua multiplicação.

Nesse departamento de cheiro, aliás, tenho outra história curiosa a contar, embora ocorrida há bastante tempo. Também se trata de um spray, só que não para matar insetos. Era no tempo em que eu usava máquina de escrever — esse negócio do passado que só doido é quem usa, antes uma boa pena de ganso. Então era necessário limpar os tipos de vez em quando (geralmente quando o editor mandava dizer que não sabia se eu tinha escrito "medo", "moda", ou "modo", era tudo um borrão só) e eu nunca entendi aquele limpador borrachoso que se deve esfregar nos tipos, causando uma bodoseira geral e limpando tudo como a cara de quem inventou esse negócio. Aí descobri um limpador (ainda lembro a marca, mas não vou dizer, não para livrar a cara do fabricante, mas porque o produto ainda pode estar por aí e eu não quero fazer indicações) que achei sensacional. Um aerossolzinho, com um tubinho para prender à válvula, que a gente apontava para os tipos e derretia a sujeira com quatro ou cinco borrifadas, uma maravilha mesmo.

Embora fosse caro e muitas vezes eu tivesse dificuldade em achá-lo, fiquei freguês. E não é assim que, um belo dia, levo eu para casa uma lata nova e começo a limpar os tipos, quando sinto um cheirinho parecido com o de lança-perfume. Era o limpador. Antes, ele não tinha cheiro nenhum, só o dele mesmo, que era fraco e não muito agradável. E tinha advertência no rótulo. Se não me engano, era tetracloreto de etila (ah-ah!) e o rótulo avisava que não devia ser inalado. Então, por que o cheiro? Elementar. Não estou dizendo nada do fabricante, porque não sei de mais nada, mas o que sei é que se tratava de uma tremenda embalagem tamanho família do famoso cheirinho da loló, convenientemente comprado, a preço afinal módico, na papelaria da esquina. Alegue-se que o princípio ativo não mudara e, mesmo sem o perfume, o efeito seria o mesmo. Sim, mas por que o perfume? Para atrair alguma criança ou jovem, que antes não sentiria a curiosidade de cheirar o produto? De minha parte, fiquei chateado, até porque o cheiro que subia dos tipos terminava por se tornar enjoativo, ao contrário do antigo, que quase não se sentia. Escrevi para o fabricante, que nunca me respondeu e, possivelmente, continua por aí, proporcionando um barato a nossa juventude melhor informada. (Espero que este comentário sirva para tirar essa droga do mercado, se ela ainda existe, porque cheirinho da loló pode limpar tipos, mas também mata ou abestalha com facilidade.)

Mas sei que não adianta chiar. Se um sujeito der um jeito de tornar apetitosa titica de galinha, ele termina conseguindo vender, com o beneplácito geral, titica de galinha em lata e ainda roubando no peso. Brasileiro, de modo geral, não tem o direito de saber o que está comendo ou bebendo. Os aditivos (flavorizantes, conservantes, espumantes, acidulantes e uma porção de outros) são indicados, quando são, em letras microscópicas e em locais invisíveis, tais como pelo meio daquelas ranhurinhas das tampinhas de cerveja. E são indicados por códigos: XII, TII, VI, não sei o quê. Certamente porque muitos deles têm nomes medonhos, tipo hepta-penta-tetra-hidrofenolglutamato e, além disso, se não aparecessem disfarçados, o consumidor a que fizessem mal poderia evitá-los, assim deprimindo o mercado e cometendo um crime contra a economia nacional.

Uma marca de biscoito (esta eu esqueci mesmo), há algum tempo, dava os nomes dos aditivos em inglês, devia achar mais chique, além de pouca gente entender. Vejam vocês, em Portugal mesmo, até Coca-Cola tem lá o conteúdo, em bom português. Qualquer coisa como água, açúcar queimado, limão, não sei mais o quê. (Essa conversa de que a Coca-Cola não dá a fórmula a ninguém é chute, vê lá se americano ia deixar circular entre eles um negócio que a Food and Drug Administration não soubesse o que era, isso é só aqui; eles não dão é a receita, o que é muito diferente e perfeitamente compreensível.)

Mas aqui, não, aqui nós não temos o direito. De qualquer forma, resta um consolo: quando você quiser servir formiga ao molho de laranja a seu tamanduá de estimação, já sabe que produto empregar (sim, e é prudente arranjar com antecedência um tamanduá novo, para substituir o falecido).

(28-12-86)

Os pequeninos ajudantes

Diziam os antigos que trabalho de menino é pouco, mas quem não usa é louco. Receio, contudo, que minha experiência aponte em sentido oposto — louco é quem usa. Certamente isto tem a ver também com o fato óbvio de que não se fazem mais nem meninos nem pais como antigamente. Por exemplo, esse negócio de ficar tomando ousadia ou puxando papos inconvenientes, tipo "se eu estava na barriga da mamãe, como foi que eu entrei?", não podia.

— Cala essa boca, menino, e saia daqui, que a conversa é de gente grande!

— É verdade que foi papai que...

— Cala essa boca! Se ficar falando essas coisas, boto-lhe um ovo quente na boca!

Geralmente não botavam, mas, como criança, muito compreensivelmente, não tem a menor confiança em adulto, o menino passava o dia inteiro imaginando que horror seria o tal ovo quente na boca e, é claro, deve ter muito trauma de infância por aí relacionando a concepção com ovo quente na boca ou chinelada no traseiro — vai ver que tem gente que só consegue sem antes botar um ovo na boca ou tomar umas chineladas.

Em matéria de serviço, a coisa também era diferente.

— Largue isso aí e vá na venda de Seu Almiro buscar duas cervejas e uma carteira de Yolanda Azul.

— Mas eu queria ficar para...

— O quê? O que foi que você disse? Olhe a minha mão aqui, olhe aqui, está vendo minha mão aqui? O que é que eu vou fazer, se você não pular agora e correr para a venda? O que é?

— Duas cervejas e uma carteira de Yolanda Azul! Posso comprar uma mariola também?

— Não, que dá dor de barriga e você está de castigo porque tirou seis em matemática. E não quero mais conversa, olhe minha mão aqui, olhe a mãozinha! Anda logo!

Não posso dizer que seja a mesma coisa com meu filho Bentão, robusto lusitano de cinco anos, cuja ocupação principal é comer chocolate e reclamar quando não tem desenho animado na televisão. Bem verdade que estamos começando devagar, em matéria de tarefas infantis. Depois de ponderar bastante, cheguei à conclusão de que o serviço infantil mais elementar e universal é pegar o chinelo debaixo da cama. Detesto confessar isto, mas Bentão não acha o chinelo. Nunca achou. Primeiro sorri e pede que eu espere um bocadinho, enquanto acaba aquele desenho. Espero. Acaba o desenho, ele continua deitado defronte da tevê.

— E então, rapaz, eu não tinha pedido uma coisa a você?

— Você me pediu uma coisa?

— Ué, não pedi?

— Pediu?

— Não seja desassuntado, rapaz, eu conheço você. O que foi que eu lhe pedi?

— Para pegar o chinelo.

— E então? E então? Pegue o chinelo, vá!

— Minha mãe disse que tudo que a gente pede, a gente pede "por favor".

— É, bem, por favor. Pegue ali o chinelo debaixo da cama, por favor.

Silêncio interminável lá dentro.

— Bentão!

— Que é?

— Cadê o chinelo?

— Eu procurei, procurei e não achei.

— E por que não me avisou?
— Eu ainda estou procurando.
Vou ao quarto, encontro-o enfiado debaixo da cama. Vê meus pés, põe metade do corpo para fora e me olha com um pedaço de teia de aranha na orelha e a cara imunda.
— Não está aqui, procurei tudo.
— Deixa ver, que é isso aí junto de seu cotovelo?
— O chinelo! Eu não vi!
— Você não acha nada, as coisas ficam na sua cara e você não vê!
— Mas eu achei minha bolinha de gude — diz ele, abrindo triunfantemente a mão para mostrar a bola de gude.
Mas a gente não desiste e ontem vivemos a emocionante experiência de mandar Bentão buscar, de manhã cedo, meio quilo de café no bar de Espanha.
— Você acha que ele está preparado? — perguntei a minha mulher. — É uma tarefa complexa. Meio quilo de café assim...
— Para ser sincera, não, mas, se ele não for, quem vai ter de ir é você.
— Ele está preparado. Na idade dele, eu já ia na bodega de Seu Barreto quase todo dia, para buscar uma garrafa de Clarete Único para meu pai, me lembro como se fosse hoje.
Bentão demorou um pouco para achar suas sandálias (achou uma; a outra quem teve de achar fui eu — estava junto da mão dele) e saiu na maior disposição. Fiz as recomendações de praxe — atravesse a rua com cuidado, vá pela calçada, não corra, não invada a loja de Joaquim para pedir coisas, não meta o dedo no olho do cachorro de Esmeraldo e não compre chicletes — e, orgulhosamente, contemplei o homenzinho saindo de cabeça erguida, consciente da responsabilidade de sua missão.

Estou eu na sala uns cinco minutos depois e irrompe ele, com a cara mais lavada do mundo.

— Minha mãe disse pra você escrever aqui neste papel "meio quilo de café".

— Escrever? Por que escrever? Você não já foi ao bar de Espanha?

— Fui, mas, quando cheguei lá, eu esqueci.

— Esqueceu o quê?

— Eu esqueci "meio quilo de café".

— Esqueceu mei... Mulher! Ele esqueceu "meio quilo de café"!

— Eu sei — disse ela. — Deve ser de família. Anteontem você não amanheceu perguntando se tinha jantado e onde tinha estado a partir das nove horas da noite?

— Mas eu tinha beb... Esqueça isso, o exemplo é inadequado. Muito bem, meu filho, aqui está o papel: meio quilo de café. Entregue isso a Espanha e traga o café.

Ele pegou o papel, lançou-se pela varanda, tropeçou no batente, caiu estrepitosamente por cima de um banco de madeira, foi ao chão, ralou o joelho todo e abriu o berreiro, com o grito de guerra habitual quando ele se corta ou sofre uma escoriação (ou seja, de quinze em quinze minutos):

— Uai! Mertiolate, não! Mertiolate, não! Mercúrio, mercúrio! Uai!

Nada de muito grave, mas agora o segundo fracasso recomendava que se cancelasse a missão, uma terceira tentativa seria uma temeridade. Eu mesmo, claro, fui buscar o café. Voltei, perguntei se o café ia demorar para ficar pronto, minha mulher saiu lá de dentro com a cabeça e a roupa cobertas de folhas de mangueira secas, na sorridente companhia de minha filha Chica, de três anos, igualmente enfolhada.

— Chica foi me ajudar espontaneamente e varreu as folhas todas do pátio para dentro de casa — explicou minha mulher. — Que acontece quando entra folha de mangueira no motor de um circulador de ar? Pelo cheiro, deve ser parecido com Chernobil.

— Como é que você quer seu café, fraco ou forte? — disse eu.

(15-02-87)

A Europa abaixadinha

Modéstia à parte, nesse negócio de Europa se curvar perante a gente, Itaparica não vê novidade. O baiano, aliás, não vê novidade. Todo mundo sabe que Rui Barbosa chegou à Inglaterra, olhou assim e botou um anúncio no jornal: "Ensina-se inglês aos ingleses." E ficou lá esperando de braços cruzados, com aquela cara de Águia de Haia. Apareceu você? Assim apareceu o inglês. Ninguém queria passar vergonha, na hora em que Rui Barbosa começasse a mostrar que conhecia mais inglês do que cinco Shakespeares, quinze Miltons e dezoito Samuéis Johnsons. No meu tempo de ginásio, tinha sempre um professor que contava essa história e dava zero em quem não acreditasse.

Em Itaparica, nem se fala, haja vista a traulitada que demos nos holandeses que invadiram a ilha, no século XVII, tempo em que vocês no Rio de Janeiro ainda andavam correndo pelos matos, se pintando com suco de jamelão, fazendo uh-uh-uh com a mão na boca e comendo franceses. Mais tarde, como se sabe, fizemos a mesma coisa com os portugueses que não queriam que a gente ficasse independente. E hoje em dia, meus caros amigos, a Europa se curva na ilha sete dias por semana, é uma festa o que tem de gringo e gringa se curvando. O itaparicano nunca envergonhou nem a Bahia nem o Brasil.

Mas sempre é interessante quando a gente tem uma nova oportunidade de ver a Europa se curvando e assim se deu que eu fui lá tomar parte nos acontecimentos, na companhia de prestigiosa caravana de escritores, entre os quais o meu amigo de infância José Rubem Fonseca (ele é um pouco mais velho mas, como passava o dia inteiro no cinema e não estudava, terminou meu colega e freguês de cola nas provas — foi assim que ele aprendeu a escrever, mas até hoje eu reviso os livros dele). Tomamos uns negócios no aeroporto e, quando chegamos ao canudão para o embarque, já tínhamos tudo traçado para fazer a Europa se curvar.

— Eu sei cantar — disse ele, à entrada do canudão. — Você sabe cantar?

— Tá brincando? — disse eu. — Sou imitador oficial de Dorival Caymmi e ninguém distingue minha voz da de Nelson Gonçalves! Quer ver? Boemiiiiiia...

— Fantástico, fantástico, mas acho melhor você deixar para mais tarde, aquela aeromoça fez cara de quem ia jogar o salmão defumado em você. Mas senti firmeza, nós vamos fazer sucesso. Você toca violão?

— Não, sempre tive vontade, mas não toco. Você toca?

— Não, só toco clavicórdio, e na fazenda, em outro lugar nunca. Mas o Affonso Romano de Sant'Anna toca.

— Você já viu o Affonso tocar?

— Não, mas ele tem cara de quem toca. Todo mineiro toca violão. E tem canivete. Todo mineiro toca violão e tem canivete.

— Você é mineiro e não toca violão.

— Mas tenho a melhor coleção de canivetes de Juiz de Fora.

Olhei em torno, vi que as chances de a Europa se curvar eram praticamente absolutas. Sentadas perto de mim, a Nélida Piñon e a imortal Lygia Fagundes Telles, muito bonitinha, de suéter vermelho. Mais para trás, Antonio Callado e Don'Ana Arruda. Em algum outro lugar da aeronave, o mencionado Affonso cofiando pausadamente o cavanhaque, e o Raduan Nassar pensando em sua plantação de arroz. Em outro avião, o Ferreira Gullar, o Antonio

Torres, uma porção de gente do mesmo quilate. Estávamos garantidos, mesmo que não dessem ao Zé Rubem e a mim a chance de cantar. Ele provavelmente não teria que usar nem os canivetes nem o facinoroso conjunto de facas que acumulou quando escrevia *A grande arte* e que hoje carrega para toda parte, arrumado numa valise de couro de crocodilo surrada, em que ele não deixa ninguém tocar. Ainda bem, porque, quando o Zé quer uma coisa, fica impossível, pode-se esperar tudo dele.

E não me iludi nas minhas expectativas. Se bem que não possa dar uma descrição muito organizada dos fatos, porque os franceses não estavam para brincar e, desde a manhãzinha, com uma senhora aflita empurrando meio *croissant* pela minha boca adentro para eu acabar logo o café da manhã, a gente começava a trabalhar e só terminava tarde da noite, sem ter entendido nada direito e perguntando se era verdade que o verdadeiro construtor da Torre Eiffel foi Santos Dumont com o patrocínio de frei Bartolomeu de Gusmão, ou qualquer coisa por aí.

— *Un moment, madame. Le croissant...*

— *Mais il n'y a pas de temps! Est-ce que je peux déba-rasser la table?*

— *Uuumf! Glunf!*

— *Ah, c'est bien, ça. Il n'y a pas de temps, il n'y a pas de temps!*

De maneira que não sei bem como tudo se passou, mas sei que o brilho foi geral. Callado, falando francês igual a Jean Gabin, fez cada palestra de arrepiar. O Affonso, também castigando o francês, recitou até versos que ele fez em francês mesmo. O Merquior deitou o verbo no Centre Pompidou com tal eloquência que, se eu não fosse baiano e tivesse os compromissos morais disso decorrentes, trocava Rui Barbosa por ele. E, enfim, ninguém deixou de erguer bem alto as nossas cores, foi uma beleza, melhor do que a seleção no México — embora, pensando bem, isso não seja grande coisa (mas ninguém perdeu pênalti). Para não falar na homenagem a Jorge Amado e a Carlos Drummond de Andrade.

Mas, não é por ser meu amigo de infância não, quem brilhou mesmo foi o Zé Rubem. Na Sorbonne, foi uma consagração. Ele havia cochichado para mim que não ia abrir a boca durante a sessão e passou o tempo todo escondido atrás de mim, que, por minha vez, estava escondido atrás do Gullar. Mas o Sábato Magaldi, que coordenava a função, chamou o nome dele. Apreensivo, cheguei a olhar para baixo da cadeira, para verificar se ele não havia trazido a valise das facas. Mas ele, com um sorriso mais do que colgate, pulou à frente, tirou o microfone do suporte e se postou defronte do repleto auditório igual ao Frank Sinatra num show. Por um instante, pensei que ele ia abrir com "My Way" — e acho que ia abrir mesmo, só não abriu porque não havia acompanhamento e o Affonso não trouxera o violão. Mas não precisou. Aplausos delirantes, até com aqueles "uuus" frenéticos, que a gente ouve em shows.

Nos nossos raros momentos de folga, ele também se revelou uma companhia imprescindível em Paris, tratando-se do único brasileiro que dá esbregues em garçons e motoristas de táxi parisienses, com o dedo nas caras deles. Também me ensinou os fundamentos da culinária francesa.

— Zé, o que é esse negócio que está aqui no menu? — perguntava eu.

— Não é comida de homem — explicava ele. — Vem cheio de folhinhas afrescalhadas pelos cantos e um camarão cor-de-rosa e falso ao corpo equilibrado no centro. Se você pedir, eu me levanto da mesa, não vim aqui para passar vergonha. Peça isso aqui, que é rabada com feijão-branco.

Enfim, do meu ponto de vista pessoal, foi uma viagem extremamente proveitosa e instrutiva e, do ponto de vista de curvatura de Europa, um triunfo incontestável. Tanto assim que os danados se vingaram: na volta, puseram a gente na classe econômica (um dia destes, classe econômica vai ser uns engradados de galinha no porão, com direito a miolo de pão e um peniquinho — não demora muito) e, depois de onze horas ali encolhidinhos, desembarcamos com os espinhaços ainda mais tronchos do que os deles. Mas o campeonato moral é nosso.

(12-04-87)

MALVADEZAS MARINHAS

Vai ver que a maior parte das pessoas não tem pena de peixe por causa das diferenças entre o peixe e, por exemplo, nós, mamíferos. Os mamíferos cuidam da prole, constituem famílias ou grupos, são muitas vezes solidários entre si. Então dá pena matar, mesmo que para comer (embora se mate, com pena e tudo), uma fêmea com cria, ou a cria dessa mesma fêmea. Mas peixe não. Peixe não quer saber de nada, põe seus ovos aos milhões no mar e quem quiser que se vire. Mais tarde, mamãe peixa, encontrando o neném peixe ainda pequeno, nem cumprimenta: vai logo engolindo. Há uns peixinhos que fecundam os ovos das fêmeas (na base do estupro, por sinal: ele agarra a fêmea pela boca, arrasta-a para um canto e como que a obriga a desovar) em águas quietas e ficam montando guarda à prole com grande valentia, dando a maior pinta de pais extremosos. Mas, na hora em que os alevinozinhos vão saindo, eles devoram todos os que podem — e podem bastante, porque durante a vigília não comem, emagrecem e ficam umas feras de apetite e agilidade. Há tubarões cujas mamães tubaroas costumam portar vários ovos fecundados na barriga, mas sempre um tubarãozinho, ainda lá dentro, se desenvolve antes dos irmãozinhos e aí vai comendo os outros, antes mesmo de nascer. Quando nasce, nasce sozinho, com uma formação tubaronística impecável — e mamãe que se cuide, para ele não tirar um naco dela com uma mordidazinha de despedida.

Claro que isso é chocante somente do ponto de vista humano, porque são processos evolutivos, através dos quais as espécies vão preservando suas melhores condições de sobrevivência. Tubarãozinho que deu bobeira ou mostrou fraqueza na barriga da mãe não vai contribuir para a preservação do mau nome da família e então, dentro da lógica da espécie, deve ser comido mesmo, assim como só os melhores peixinhos, com os melhores genes para seu caso, é que escapam de serem comidos pelos pais. Seleção genética séria, nada de palhaçada. Mas isto não vem ao caso, o caso é que deve ser por isso que ninguém tem pena de peixe ou de bicho do mar em geral, com exceção, é claro, dos mamíferos, como a baleia e o golfinho.

Também já li em algum lugar o trabalho de um ictiólogo maluco, que andou estudando o sistema neurológico da peixarada e chegou à conclusão de que eles não sentem dor. Não botei muita fé nisso, porque considero o depoimento do peixe indispensável no caso, pimenta na guelra dos outros é refresco. Mas, mesmo que o peixe sentisse dor, ninguém tampouco ia ter pena dele nem dos outros bichos do mar — e manda a honestidade que eu reconheça que, neste ponto, sou igualzinho a meus conterrâneos aqui da ilha, já participei de todo tipo de malvadeza marinha. (Será por isso que precisei de tanta explicação prévia?)

Por exemplo, tem o caso do siri na panela. Um dos principais azares do siri e da lagosta é que só servem mesmo vivos e aí o pessoal não perdoa. Até aí, vamos dizer, tudo bem, embora não para o siri e a lagosta. Mas é que todo mundo gosta de assistir. O pessoal, em lua em que siri está dando na coroa, sai com uma forquilhinha e vai perseguir o siri, acabando por trazer um balde cheio de casa, todo mundo antecipando o "afervento" do siri, cujo outro azar é ser facílimo de cozinhar, pois não precisa de tempero, só de água e sal, até mesmo água do mar. Aí junta a raça toda para assistir aos siris sendo fervidos vivos na panela. Tem gente que só sai de perto depois que eles já estão vermelhinhos, com a água borbulhando em torno. Antes, já se assistiu aos siris do fundo, na hora em que o fogo foi ligado, tentando passar para cima. Depois os de cima tentando fugir pelas bordas (há sempre uns quatro meninos trepados em cadeiras perto do fogão, animadíssimos e impedindo entre risadas que eles pulem fora). Depois, estrebuchadas gerais. Coisa de marquês de Sade mesmo, mas, como é siri, ninguém tem pena. E a lagosta é pior, porque tem trilha sonora. Na realidade, trata-se de ar e vapor saindo, por causa da fervura, pelo meio dos interstícios da carapaça, mas a pessoa jura que a lagosta está choramingando lá dentro. Como isso acontece principalmente quando se deixa primeiro ferver a água para depois jogar a lagosta, há quem só utilize esta prática. "Só acredito em lagosta depois que ela chora", diz-se muito por aqui.

Outro dia, eu estava pescando com Luiz Cuiúba (talvez já tenha contado isto aqui, mas esclerose é esclerose e quem não gostar que me pague um tratamento em Houston), e só vinha baiacu. Baiacu é venenoso e ainda por cima costuma engolir o anzol, dando um trabalhão para tirá-lo, porque ele tem quatro dentinhos miseráveis, que formam uma verdadeira parede na frente da boca. Quando eu era menino, o tratamento-padrão para baiacu era dar um puxavão na linha que redundava numa cirurgia odontológica nele, para em seguida coçar a barriga dele até que inchasse e a gente pudesse pisá-lo com o calcanhar e fazer um barulho semelhante ao de um saco de papel estourando. Mas agora somos grandes e consideramos isso crueldade infantil e, além disso, Cuiúba come baiacu, de maneira que o baiacu era fisgado e ele o transformava em filé imediatamente, cortando-lhe a cabeça, estripando-o e arrancando-lhe a pele em coisa de trinta segundos ou menos. Como é um peixe muito carnudo, o filé fica quase do mesmo tamanho que o peixe inteiro.

E continua "vivo" muito tempo, se agitando, tremelicando e até dando uns saltinhos curtos. É mais ou menos como se você estivesse assistindo a uma dança de carcaças de frango depenadas. Cuiúba gosta.

— Olhe o bailado do filé! — diz ele alegremente, apontando aquele conjunto mal-assombrado de carne branca se batendo na água do fundo da canoa.

Cuiúba, aliás, me ensinou diversas outras práticas também comuns, como, por exemplo, "ver o vermelhinho estufar o bucho". Para isso, é necessário ir pescar vermelhos num lugar fundo. Como a pressão é bem maior lá embaixo, o vermelho está com a pressurização dele, que depende parcialmente de um sistema de bolsas de ar na medida certa. Se é puxado para cima em alta velocidade, como Cuiúba faz, não há tempo para modificações, a bolsa (o "bucho") se expande e o vermelho chega ao barco todo inchadinho.

— Olhe o buchinho dele! Vem cá, safado, que teu destino é moqueca! — diz Cuiúba com uma risadinha.

Eu não estufo bucho tão bem quanto ele, mas já dei umas estufadinhas. De vez em quando, contudo, fico meio filosófico, querendo saber a razão da malvadeza. Nunca saberei, deve ser o humano instinto. Chego em casa meditabundo, encontro o pessoal comendo ostra crua.

— Está vivinha! — diz minha mulher, que é paulista e, em outros aspectos, moça de boa formação. — Quando a gente pinga o limão, ela estremece toda! Hmmnn! Que delícia!

— Pai — diz meu filho Bentão, que ainda não gosta de ostra e está na companhia de seu amigo Jucimar —, a gente pode botar duas cadeiras junto do fogão para ver a sirizada que mamãe pegou estrebuchar?

(21-06-87)

Solvitur acris hiems

Vocês vão ter de me desculpar pelo pernosticismo do título. Admito que tenho umas crises de pernosticismo, provavelmente muito desagradáveis, mas desta vez me creio justificado, ou pelo menos com direito a compreensão. Chove como a necessidade e estou socado na biblioteca numa noite escura, a morcegada chiando lá dentro e a chuva como que querendo me pegar, passando pelos vãos das telhas para me respingar. Diabo de profissão maluca, eu aqui enfurnado como um eremita, cercado de dicionários e bagulhos de escritório, olhando para um monitor e batucando num teclado coisas no fundo absurdas. O inverno chegou, faz frio e há dias que não para de chover, uma chuva por vezes violenta e brusca, que até desenterra as arvorezinhas menos firmes.

No meu tempo, a gente estudava latim. Quando eu morei em Aracaju, fui aluno de padre Bragança, que por sinal não gostava de ser chamado de "padre", preferia "doutor" ou "professor". A gente lia Esopo e umas besteirinhas de Ovídio, Horácio e Virgílio e, o que me parece incrível hoje, padre Bragança me fez gostar de latim, ao ponto de eu ter chegado, uns dois anos depois, a falar um bocadinho. Então, aqui meio jururu e com medo de que o vento arranque o telhado e chova em cima do monitor e tudo vá pelos ares junto comigo, me lembrei desse verso de Horácio, que não é, naturalmente, novidade nenhuma e muita gente de meu tempo deve conhecer, além de certamente aparecer nesses dicionários de citações. Eu não estava querendo me exibir quando botei o título, que quer dizer, mais ou menos, "está solto o áspero inverno". Foi uma recordação escolar honesta, agora que ele está solto mesmo e faz tudo para despencar na minha cabeça.

Muda tudo aqui, no áspero inverno. Amanhece mais tarde e, às cinco e meia da manhã, o Mercado ainda está meio às escuras. O canal que fica defronte está quase sempre encapelado pelo vento sul que sai dos lados do Baiacu, o ar é molhado, as pessoas andam encolhidas e se encostando pelos cantos. Chego ao Mercado, movimento pouco, pobreza grande. Sete Ratos tem umas lagostas que dormiram dentro do freezer e agora viraram picolés, Vavá Major tem umas cavalas, Cacheado exibe uma pescada idosa e um badejo arqueológico. Zé de Honorina chega, olha os camarões de Nilton, vermelhinhos, vermelhinhos em cima do gelo, e diz que é uma raça nova de camarão, uma raça que atende pelo nome de "morte certa", e Nilton diz que, se não fossem as considerações, ele ia dizer quem era que era a nova raça de camarão.

Não acontece nada e então vamos para a beira da rampa sapatear para enganar o frio e ver se algum maluco saiu com aquele tempo, a noite toda o vento zunindo pelas copas das árvores e a chuva caindo aos potes. Não é possível, ninguém é tão doido assim. Mas daí a pouco Sete Ratos aperta os olhos e, num lugar do horizonte farrusco, enxerga com pormenores algo que não consigo ver. — Lá vem um camaroeiro pela frente do Mocambo — diz ele. — Aquilo é o compadre, ele deve de ter estado lá fora desde cedo.

Bastante tempo depois, diviso a canoinha bordejando a contracosta, perto da Fonte da Bica. Sete Ratos comenta com simplicidade como é duro pescar camarão em noites normais e muito mais duro ainda com um tempo daqueles.

— Eles ficam debaixo daquele vento medonho e da chuva com água até o peito, subindo e descendo da canoa, e ali na canoa não tem agasalho, não tem agasalho nenhum, às vezes o sujeito fica que o queixo parece que vai se desconjuntar de tanto bater.

— O que será que faz o camarada aguentar essa dureza toda? — pergunto eu.

— Eu sei — disse ele, dando aquela sua risadinha de sete ratos. — É cachaça e necessidade.

Os três pescadores, muito soturnos, pegam o balaio com uns dez quilos de camarão e o levam para o meio da rua, junto ao poste, que é o lugar da cotação. Sete Ratos, Cacheado e Pretinho encostam. Intensos cochichos, risadinhas.

— Ladrão! Ladrão! — diz Sete Ratos de repente. — Olhe que seu pai já era ladrão, sua mãe era ladrona e seu irmão todo mundo sabe que é ladrão, mas você é o rei da ladroagem! Mil e duzentos nesse balaio de lêndea? No meu tempo a gente dava tiro em ladrão, a gente dava era tiro! Você não tinha que ser pescador, você tinha era que trabalhar no governo, que é lugar de ladrão!

— Ladrão é a mãe de quem chama.

— Ladrão, ladrão, ladrão!

Alguns cochichos mais tarde, porém, o balaio é levado para a banca de Sete Ratos, o pagamento é feito sigilosamente e o camarão me é oferecido com um sorriso.

— Não vai querer o camarão, não? — diz Sete Ratos amavelmente. — Este é camarão da terra legítimo, o melhor de todos, está uma beleza.

— Ainda agora você estava dizendo que era lêndea e não valia nada.

— Ah, isso foi uma questão de negócios, este camarão é uma beleza, me saiu por cento e vinte, lhe faço a cento e trinta, camaradagem mesmo, não estou ganhando nada. Vou pesar três quilos caprichados aqui.

— Não, muito obrigado, acho que não, não sei nem se minha mulher quer camarão.

— Olhe lá, hem, com esse tempo amanhã pode não ter, nem depois, nem depois! É melhor aproveitar porque vai vender tudo, tem muita gente aqui atrás de camarão!

Mas parece que o pessoal que estava atrás do camarão não pintou nesse dia, porque mais tarde Sete Ratos apareceu lá em casa com o balaio.

— Pronto — disse ele. — Pode ficar a cem o quilo. Aí é só para não perder o dinheiro. Vai pelo preço que eu comprei, é só para não atrapalhar meu capital de giro.

— Mas você disse que tinha muita gente para comprar.

— É, mas não apareceu. É o inverno. Como é, não vai ficar, não? Por esse preço, no Rio de Janeiro você não compra nem um quilo de batata, quanto mais de camarão.

— Está certo, Sete Ratos, e além disso você fica aí com essa cara. A cem, não é?

— É, é. Prejuízo, prejuízo.

— Prejuízo não, você está saindo na sua, você me disse que tinha comprado a cem.

— Para o comerciante, isto é prejuízo — disse ele todo triste e eu, apesar de nunca na vida ter levado a melhor para ele, fiquei com remorso e quase pago a cento e trinta, como ele havia me pedido antes. — É, o inverno tem sua tristeza — concluiu, saindo meio cabisbaixo.

Quando voltei ao Mercado, já tinha vencido o remorso. Que diabo, não sou rico, não estava querendo camarão, tomo na cabeça nessas transas do Mercado desde que me entendo — até agulhão Pretinho uma vez me vendeu, dizendo que era agulhinha, e nem o gato quis comer o agulhão. Não, senhor, ganhei uma para Sete Ratos, já não sou mais o mesmo otário. Quando cheguei, o pescador estava com o pé numa pilastra e Sete Ratos pitando um cigarrinho numa das mesas de Dona Dete.

— Olhaí — disse eu ao pescador. — Peguei aquele camarão na mão do sabido aí pelo mesmo preço que ele lhe comprou, desta vez ele não atravessou a gente.
— Comprou a como?
— A cem.
— Ele me comprou a quarenta — disse o pescador, cuspindo de lado. — Não faz três meses, esse desgraçado comprava a oitenta.
— É o inverno — disse Sete Ratos, com sua risadinha de sete ratos. O inverno tem sua beleza. Não vai querer umas lagostas, não, doutor? Estão fresquinhas!

(19-07-87)

Sobre o autor

João Ubaldo Ribeiro é natural da Ilha de Itaparica, a maior ilha do estado baiano, que fica próxima a Salvador. É esse lugar paradisíaco e rico em patrimônio cultural que serve de inspiração para sua já precoce vocação de escrita. É claro que, em uma ilha repleta de pescadores, o que Ubaldo mais escutaria seriam... histórias de pescadores! A inventividade da narrativa local certamente foi um dos pilares na construção de João Ubaldo como escritor.

O primeiro romance do autor é *Setembro não tem sentido*, que foi publicado quando ele tinha apenas 21 anos. Desde então, sua escrita foi muito producente. Publicou, entre outros, *Sargento Getúlio* e *Viva o povo brasileiro*, marcos da literatura brasileira contemporânea — ganhando o Prêmio Jabuti de melhor romance por esse último. Seus romances mais recentes, *A casa dos budas ditosos*, *Miséria e grandeza do amor de Benedita*, *Diário do farol* e *O albatroz azul*, venderam mais de quinhentos mil exemplares.

Estimulado desde criança pelo pai, um humanista, a ter uma rotina de estudos acima da média, João Ubaldo Ribeiro estudou inglês, alemão, francês e espanhol antes dos dez anos de idade. Além da formação poliglota, desde muito cedo, o garoto lia cânones literários — escritores de máxima importância que produziram obras que servem de inspiração para muitas outras. Então, João Ubaldo conhecia nomes como o de Homero (autor das obras *Odisseia* e *Ilíada*) e de Shakespeare (autor de *Romeu e Julieta* e *Hamlet*, só para citar algumas das peças mais famosas que o britânico escreveu). Por isso, dizemos que Ubaldo teve uma formação clássica, o tipo de educação baseada no estudo de línguas e obras literárias consideradas importantes.

O conhecimento de literatura e línguas estrangeiras, ao contrário do que se poderia imaginar, não levou o autor a escrever como um europeu nem a se interessar pela cultura do "velho continente". A escrita de João Ubaldo Ribeiro, como pode se observar em seus livros mais famosos, busca entender a identidade do povo brasileiro. Ubaldo é um grande investigador da nossa cultura, do que nos forma como um povo e do que nos une como uma nação. E ele faz isso, seja a partir de histórias que investigam o Brasil de interior e capitais, seja em textos que divertem com os costumes que nos levam a pensar "Ah, isso é tipicamente brasileiro".

Membro da Academia Brasileira de Letras desde 1993, João Ubaldo Ribeiro recebeu, em 2008, o Prêmio Camões, atribuído aos maiores escritores de língua portuguesa. O autor viveu no Rio de Janeiro até seu falecimento, aos 73 anos. Na cidade, dedicou-se à literatura e colaborou com jornais do Brasil e do exterior.

Em seu discurso de posse da cadeira na Academia Brasileira de Letras, João Ubaldo se define como um contador de histórias, mas não um bom orador e tampouco um "homem de letras", que seria o escritor clássico, acadêmico, cheio de rigor e teorias sobre a literatura:

> Tampouco sou homem de letras no sentido rigoroso do termo. Sou apenas um romancista, um contador de histórias, cuja modesta cultura literária foi adquirida num convívio arrebatado com os livros de Ficção, a Poesia e o Teatro. Receio que o convívio com a Teoria Literária e o Ensaio Crítico não tenha sido tão amoroso. Pelo contrário, sempre foi — e continua sendo

— inconstante e esquivo, pouco entusiástico e, às vezes, indiferente. Não me gabo disso, antes me envergonho, sinto-me incompleto e frágil, ainda mais diante de tantos que aqui se encontram e que merecem, sem a menor dúvida, o galardão de homem, ou mulher, de letras (RIBEIRO, 1994).

Apesar de não se sentir confortável sobre a alcunha de "homem de letras", é impossível não reconhecer a importância de João Ubaldo Ribeiro para a literatura contemporânea brasileira.

Direção editorial
Daniele Cajueiro

Editora responsável
Janaina Senna

Produção editorial
Adriana Torres
Laiane Flores
Juliana Borel

Revisão
Alessandra Volkert
Bárbara Anaissi
Daniel Dargains

Capa
Rafael Nobre

Diagramação
Eramos Serviços Editoriais

Este livro foi impresso em 2024, pela Reproset, para a Nova Fronteira.
O papel de miolo é avena 70g/m² e o da capa é cartão 250g/m².